阅读秦岭

孟献国○著

图书在版编目（CIP）数据

阅读秦岭 / 孟献国著 . -- 北京：中国商务出版社，2021.11（2023.1 重印）

ISBN 978-7-5103-4054-3

Ⅰ. ①阅… Ⅱ. ①孟… Ⅲ. ①散文集 – 中国 – 当代 Ⅳ. ① I267

中国版本图书馆 CIP 数据核字 (2021) 第 217540 号

阅读秦岭

YUEDU QINLING

孟献国　著

出版发行：	中国商务出版社
地　　址：	北京市东城区安定门外大街东后巷 28 号　　邮编：100710
网　　址：	http://www.cctpress.com
电　　话：	010-64212247（总编室）　64269744（事业部）
	64208388（发行部）　64266119（零售）
邮　　箱：	bjys@cctpress.com
印　　刷：	三河市明华印务有限公司
开　　本：	700 毫米 ×1000 毫米　1/16
印　　张：	13　彩　插：8 页
字　　数：	177 千字
版　　次：	2021 年 11 月　第 1 版
印　　次：	2023 年 1 月　第 2 次印刷
书　　号：	ISBN 978-7-5103-4054-3
定　　价：	48.00 元

版权所有　侵权必究　盗版侵权举报可发邮件至 cctp@cctpress.com

本社图书如有印装质量问题，请与本社印制部联系（电话：010-64248236）

本书作者孟献国与本书序作者曹谷溪在路遥故居偶遇。

阅读秦岭,美矣壮哉。

大器亦可晚成
（代序）

曹谷溪[①]

　　于文学而言，孟献国可以说是起步较晚，年过五十才有了志在文学创作的想法，有道是"只要开始，任何时候都不为晚"。孟献国既然有了如此念头，便不辞苦辛、执着前行，摆开了一干到底的阵势。因热爱招商，"行万里路"；因喜欢文学，他又开始"读万卷书"。这不，仅仅五年时间过去，孟献国就将一部十多万字的文集《阅读秦岭》捧到了我们面前。

　　我和孟献国相识于偶然，他在《偶遇曹谷溪》文章中作了讲述。几年前，孟献国来陕北参观路遥故居，几句闲聊之后我们便结下了友情，成为忘年之交。这个缘分，大多是因为他喜爱文学，读过路遥的《平凡的世界》《人生》等书，而我和路遥交情较深。

　　《阅读秦岭》包括"那些山，那些水……""那些人，那些事……""那些情，那些爱……""那些思，那些想……""那些梦，那些真……"五辑，每辑由若干篇文章组成，整体读来浑然一体，表现出了作者较为深刻的思想感悟和颇见功底的文学素养。

　　"那些山，那些水……"一辑，主要是对山河风光、自然景物的描写。我们通过《阅读秦岭》，看到了作者不一样的审美视角，看到了作者笔下的秦岭不仅美不胜收，更看到了秦岭独到、深邃的人文指

[①]曹谷溪，笔名谷溪，中国作协会员，原《山花》《延安文学》主编，路遥文学院院长。

向："秦岭作为一部历史书,见证着周秦汉唐的绝代芳华,底蕴深厚而传奇;秦岭作为一部文化书,蕴含着中华民族深邃的文明基因,内涵博大而精深。"奇妙的是,作者在一篇即成时又将笔锋一转,发出这样让人意想不到的感慨:阅读秦岭,我要从哪里开始呢?由此可见作者对秦岭爱之深、思之深。

生命与爱,是天地间最伟大的命题。我曾写过一首题为《生命》的短诗:

炽热的血,以石破天惊的
毅力,突破冷漠的岩层
像成熟的少女,将自己的柔情
全部献给土地。

偎依山的胸脯,绵绵情语
令大山,剧烈地心跳;
面对突如其来的遭遇,
勇敢地背叛上帝的箴言。

把我的话,写进
圣经的《颂歌》吧,
"流动的水,站起来
就是生命!"

(引自2013年《诗刊》第5期刊发)

如果说孟献国写秦岭是正面的直观的,那么紧接着写黄河则是侧面的隐匿的。这篇题为《奔流的黄河》的文章,没有写黄河的千回百转,没有写黄河的气势磅礴,没有写黄河的浩波激浪,没有写黄河的岁月沧桑，而是写作者参加奔流文学院作家研修班学习期间的生活点滴和所思所悟。在这些润物无声的轻描淡写中，岂不也是正面、直观地在赞美黄河？作者是在赞美黄河文明的博大，赞美黄河文化对华夏儿女的滋养。这里奔流的黄河不是现实中一泻千里的黄河，而是奔流不息的关于黄河的文学故事。

　　孟献国写人、记事的散文作品很有特色，他往往抓住几个最能代表人物性格特点的细节描写，就能把一个人的整体形象呈现出来。这方面较好的文章当属《亦师亦友陈法玉》《朱瑞的文学情怀》《我眼中的宗庆后》《假如项羽过江东》等。《亦师亦友陈法玉》一文，从喝酒开始至喝酒结束，前后关照，首尾呼应，娓娓道来中将陈法玉的性情、为人、现状等一一呈现，让人看到一个普通人平凡而有光彩的人生况境，领略到对生活的热爱和礼赞，特别是文中讲述的陈超无私帮助、陈法玉知恩图报、失联之后辗转看望、长期坚持喂养流浪猫等故事，给人留下了很深的印象。人们只知道中国人民解放军炮兵创始人朱瑞将军英勇善战，却很少知道他的文学水平也很了得。孟献国通过研读资料，了解到朱瑞在1923年就开始过文学创作，并发表了《月夜》等小说作品，就着手写成了《朱瑞的文学情怀》一文，告诉人们朱瑞将军的另一面，赞扬朱瑞在民族危难之际毅然投笔从戎、投身于中国人民的解放事业。

　　孟献国的很多散文作品既有散文语言优美、文采飞扬的特质，也有小说塑造人物、情节丰富的艺术张力，文集中一些故事性较强的作品，我们完全可以把它当成小说来读。

　　《孔大伟的序章》集中围绕招引全球玻璃大王、某国惠顿公司投资项目落户梧桐市这个中心事件，塑造了孔大伟、外号"大忽悠"的招商人的艺术形象，揭示了招商引资在改革开放以后的地方工作具有"重中之重"的地位，表现了招商人为之奋斗所付出的艰辛和代价，讲述了"大忽悠"一个个不同寻常又体现真情招商、智慧招商、文化招商、共赢招商特别是拼命招商的精彩故事，让人读来饶有兴味，引发思考。作品的叙事风格传统、质朴，以"我"的所知所见，表现孔大伟所言所为，不仅增强了作品的真实性和可信度，也增强了作品的可读性和代入感。《姐姐的生日》关注现实，反映当下，以抗击新冠肺炎疫情和洪水灾害为题材，讲述了一个如何将洪水来临的灭顶之灾化险为夷的暖心故事。此外还有《石榴村的歌声》《高佳的往事》《华栋闯京城》《柳琴人生》等，也都生动地反映了丰富多彩的人间百态。

生活是文学创作的源泉。重要的人生经历，重要的生活体验，重要的事业转折点，是孟献国文学创作取之不尽的素材富矿。18年专业招商工作经历，也是孟献国这本文集要表现的重点。孟献国历时五年成功引进的中国第一食品饮料企业娃哈哈落户宿迁，成为宿迁经济开发区建成以来最大的投资项目，孟献国因此被宿迁市委、市政府授予"地级宿迁市建市十周年十大功臣"称号，光荣担任2008年北京奥运会宿迁地区火炬手。所以，我们在文集中可以看到很多反映这方面内容的作品，《孔大伟的序章》是这样，《我的招商梦想》《民歌哼出大品牌》《品牌之争》等也是这样。是的，自己过去人生中如此重要的经历，怎么能不通过文学的笔触浓墨重彩地加以呈现呢？

孟献国的文学创作虽然起步较晚，但是我们看到了一个具有丰富阅历又有深刻认知更有强烈文学情怀的人。通过自己持之以恒的努力，一定能够创作出更多更好的文学作品。年少有为固然可嘉，晚成大器亦未不可。相信孟献国将以未来的文学创作实践和成果，再次向世人证明这一点！

是为序。

曹谷溪

2021年10月11日

于延安

目 录

第一辑　那些山，那些水……

阅读秦岭 / 2

奔流的黄河 / 5

繁花紫叶李 / 7

沙家浜观《智斗》 / 9

绽放虞美人 / 11

海棠花开 / 13

石榴村的歌声 / 15

第二辑　那些人，那些事……

亦师亦友陈法玉 / 32

满分面试 / 36

我眼中的宗庆后 / 38

传统产业亦风流 / 41

高佳的往事 / 43

华栋闯京城 / 52

第三辑　那些情，那些爱……

　　偶遇曹谷溪 / 72

　　姐姐的生日 / 77

　　朱瑞的文学情怀 / 81

　　一切从《创业史》开始 / 84

　　难忘敲门声 / 87

　　柳琴人生 / 89

第四辑　那些思，那些想……

　　假如项羽过江东 / 104

　　从火热的世界杯赛场想到的 / 106

　　赴美学习感言 / 109

　　品牌之争 / 118

　　民歌哼出的大品牌 / 131

　　玉祥门随想 / 146

第五辑 那些梦,那些真……

梦想还是要有的 / 152
我的招商梦想 / 154
绿色葡萄梦 / 158
朋友,你来过宿迁吗? / 164
激情招商 亲情服务 / 167
孔大伟的序章 / 176

后记 / 203

第一辑

那些山,那些水……

- 阅读秦岭
- 奔流的黄河
- 繁花紫叶李
- 沙家浜观《智斗》
- 绽放虞美人
- 海棠花开
- 石榴村的歌声

阅读秦岭

初识秦岭，始于中学课本，一条浓重的墨线横亘在中国版图上，地理老师绘声绘色地讲解着，秦岭淮河是我国一条重要而神奇的地理分界线。说她重要，秦岭两侧气象地貌两重天；说她神奇，"橘生淮南则为橘，橘生淮北则为枳。"多年以后，每当我往返于淮河两岸时，总忍不住打开车窗凝望一番，只是并没有看到南橘北枳而已。至于秦岭，却一直停留在地图上和想象中，阅读秦岭，便成为我放不下的心结。

人生有些机缘总也说不清楚，苦思冥想而不得的有时却会在不经意间实现。终于，有了近距离阅读秦岭的机会，那是2018年深秋一路向西的列车上，当时，已是年过半百的我正在闭目养神，列车员甜美的声音在车厢内弥漫开来。"本次和谐号高铁终点站是西安北站，即将到达的是渭南北站。"我心里一颤，一时睡意全消，我极力向窗外搜寻神往已久的秦岭，一道时隐时现的山脉如卧龙一般映现在眼前，山脉与列车平行着延伸开来，仿佛一幅变幻着的水墨山水画。我不禁惊叹于高铁设计师的文学情怀，这条铁路分明为阅读秦岭而作。秦岭北麓一片平坦的麦田，给观赏山景提供了广阔的视野，随着列车的驰行，好像天边有个无形的摄影师不断地推拉换景，时而远景，时而近景；时而清晰，时而模糊。有时清晰得能看清山上的树木花草，有时又模糊到云山一体，分不清哪是山哪是云。突然，一向平缓的山体突兀嶙峋起来，山峰峻拔，气势非凡,巍巍然傲立在云雾之中。经问询,原来是以险名天下的西岳华山。

从课本初识到实景阅读,我与秦岭隔空相望达半个世纪,如今有缘千里相会,我与秦岭从此朝夕相处。因工作需要,我被组织派驻西安驻点招商。巧合的是,位于城南的办公室对面,即是著名的秦岭。为了更好地阅读秦岭,我将高大的落地窗擦了又擦,每天上班前下班后都要将秦岭凝视一番,我观秦岭可谓百看不厌,而且每次阅读都能读出不同的感受与意义。比如,昨天秦岭还是雾气缭绕,变幻莫测,一卷一卷的云层翻腾着向西流动,仿若当年诸葛亮六出祁山,千军万马进入关中之势。今天秦岭已是艳阳高照,山峰清秀峻朗,几片白云悠闲地点缀在旁边,好像唐朝杨贵妃舞动的衣袖和长裙。我爱秦岭的春夏,绿意盎然,充满生机。我爱秦岭的秋冬,色彩斑斓,给人以无限的遐想。

秦岭被尊为华夏文明的龙脉,是长江与黄河流域的分水岭,据说站在秦岭牛背梁上,就可以领略"提携长江与黄河"的气魄。假如有硕大的水滴摔在牛背梁上,流下南坡的经汉江流入长江,流下北坡的则经渭水流入黄河。正所谓"双脚踏南北,江河自风流"。秦岭作为一部历史书,见证着周秦汉唐的绝代芳华,底蕴深厚而传奇;秦岭作为一部文化书,蕴含着中华民族深邃的文明基因,内涵博大而精深。盘踞山间的千年古道,神秘而悠远;流于山间的万年古溪,清冽而甘甜。"明修栈道,暗度陈仓"的历史典故,是发生在两千多年前的秦岭故事。"蜀道难,难于上青天",李白描写的"危乎高哉"的蜀道,即是关中通往天府的秦岭之道。

秦岭庞大而绵长的身躯阻断了南北气流,形成了南雨北雪、南船北马的自然人文差异。八百里秦川丰泽而富饶,三千年秦腔高亢而嘹亮。据说,从西安通往秦岭有七十二峪,阅读秦岭,我从哪里开始呢?

贾平凹题"我心中的大秦岭"

（2020年5月，贾平凹文化艺术研究院主办"我心中的大秦岭"全球征文活动，散文《阅读秦岭》以第59号入选征文选登作品集。）

奔流的黄河

为孕育更广阔的大地，黄河从青藏高原一路奔流而下，在中国版图上写下了大大的"几"字，在接纳汾水和渭河后，黄河在潼关陡然转了一个90度的大弯，便向东海奔流而去。

在河南新安的古井镇，我们与黄河不期而遇，奔流文学院第十二期作家研修班的培训地点便选在这里——华洋会议中心。面对远山近水，我醉了。远山是王屋与太行，是当年愚公所移之山；近水便是黄河，我们的母亲河。黄河在这里流速相对平缓了许多，似乎想在华洋歇歇脚，以便储备能量继续向大海远行。

早餐之前，我已围绕华洋的山路走了一圈，为的是一睹黄河日出景观。晚饭后，我会到望江亭远眺一番，看看那黄河落日的余晖。即使在课间休息时间，我也会不失时机地在教室附近转悠，将山水景观随手拍照，总能引来朋友圈一片点赞。

今天下着小雨，我便撑着伞往天池拾级而上，山道两旁是一溜大大小小的鹅卵石。这些石头曾经被黄河冲刷过千万年，故而有些光滑圆润。它的正式名字叫洛阳黄河石，大者如鼓，小者似拳，色调沉稳正雅，静静躺在路旁，却难掩其沧桑雄浑之气。沿山卜行是一片果园，杏树、梨树、桃树、山楂树、豆角、黄花菜和石磨，宛如一幅世外桃源的生活画面。

房间依山临水而建,推窗便是黄河,闭门则静然如世外,只闻远方的鸡鸣与狗叫,如此的华洋会议中心,真是文学创作的天然佳地。同室的王栋梁先生不无感慨地说,能见到如此粗犷雄浑的山水真是不虚此行,这简直就是一幅水墨山水画呀。

拜见李佩甫老师是我久远的心愿,如今在华洋得以成为现实。认识李佩甫老师首先是通过他的作品《生命册》,一股带着浓浓中原气味的文学之风把我震撼了,于是我一鼓作气买回李佩甫老师的《羊的门》《城的灯》《平原客》。其实,我在五十岁向文学转型,正是受到李佩甫这位未见面老师的影响。

李佩甫老师在给《河洛图》签名时,我请其在我笔记本扉页上写下"认识照亮生活"的文学名句。已过知天命之年的我有着丰富的文学素材,但我知道,认识有多深,我的文学之路就能走多远。"过程不可跨越"提醒我,文学没有捷径,踏踏实实地读与写,感与悟,在天籁俱寂处听从内心的呼唤,才是文学创作应有的态度。

2019年,我随奔流文学院去过巩义的小里河,那是黄河于洛河交汇之处,那里曾孕运出一代诗圣杜甫,还出现兴旺四百年的一代财神康百万。本期是洛阳小浪底,两期有一个共同的主题,那便是黄河。当奔流在华洋遇见黄河,关于黄河的文学故事一定会奔流不息。

啊,奔流的黄河,黄河在奔流。

(原载于2020年9月2日《奔流》文学网)

繁花紫叶李

早有赞紫叶李之意，再次见到满树盛花的紫叶李时，便即刻被她的热情奔放所感染和陶醉了。

紫叶李，蔷薇科李，属落叶乔木，花小且密，粉中泛白，花叶并茂，煞是好看。盛开的紫叶李花，晨观灿若云霞，晚似繁星点点。其靓而不妖，丽而不媚，有如热情奔放的少妇，在百花盛开的春天，以其独具特色的紫色展示独特的魅力。紫叶李花美叶靓，且四季皆可观赏，傲立雪中的彩色枝干成为冬天难得一见的植物景观。

我赞紫叶李热情开朗。三月初春，乍暖还寒，人们的寒衣尚未换季，紫叶李已在宿迁的角角落落热情地绽放了。密密麻麻地开满树的枝枝杈杈，满眼是淡紫的小花，根本看不见一丝叶片，仿佛向路过的人们大喊：春天来啦！

我赞紫叶李个性鲜明。花是紫的，叶是紫的，干是紫的，通体全是紫色的。紫色是紫叶李的基调，一年四季都呈现出特有的彩色。不羡紫薇那样大红大紫，也不慕梅花雪中独放的惊艳，只是守住自己独有的紫色。

我赞紫叶李甘于平凡。或独处一处，或丛植抱团，只要给一片土壤，紫叶李都会无怨地绽放。在报春之后，满树叶子还会给夏季送一缕清凉。

深秋的冷风中,紫叶会变成亮红色,给寻秋的人们添置风景。即便是天寒地冻的冬季,落尽叶子的紫色树干,还会给严寒中的人们送去一缕暖意。

充满激情,淡然大气,只要给其一片土壤,她就枝繁叶茂,花香馨人。紫叶李在宿迁大地广为种植,亦树亦花,魅力超群。如再选市花,我推荐紫叶李;如再选市树,我还推紫叶李。平凡而又奔放的紫叶李,你就是我们宿迁的樱花呀,我要高声赞美你。

【背景介绍】紫叶李的通体紫色甚有特点,叶紫、花紫、枝干亦紫,尤其每年早春热烈绽放的风采给人们传递春的信息。作为园林景观爱好者,作者早有赞紫叶李之意,终于在2014年春季发表此文于《宿迁日报》。

沙家浜观《智斗》

赶到沙家浜时,早已过了午饭时间,肚子"咕噜噜"不停地叫唤。双虎说:"吃了东西再看吧。"我立刻赞同。

小吃一条街,热气裹携着各种叫卖声升腾起来又漫开去,油炸丸子、烤羊肉串、鸡蛋煎饼,等等,空气中混杂着肉香、鱼香和油辣等香味。我不由得连打两个喷嚏,身旁一对戴口罩的男女赶忙闪身避让。

我在一个猪血烧肉摊前停下。锅里不停地冒着气泡,伴着轻微的"噼啪"声响。旁边一大汉光着膀子把剩下半碗汤汁全都倒进米饭碗里,脸上的肉一颤一颤地抖动着。

我悄悄吞下口水,双虎扯了我一把,趴在我耳旁大喊:"京剧演出开始了。"我们便顾不得吃饭,向音乐飘来的方向小跑,身上渐渐冒汗,衣服粘在身上。

演出在露天舞台上进行,正是我们喜欢的《智斗》,我和双虎都把手机拿出来录制。阿庆嫂唱完,是刁德一阴阳怪调的唱腔,胡传魁一如既往的大嗓门。台上悠扬婉转的唱腔,引来台下阵阵掌声。

"这个女人不寻常……"刁德一面色阴狠,唱腔低沉,旁敲侧击阿庆嫂与新四军有联系,唱词似一股阴风从地下涌出,令人身上起疙瘩,观众还是给这个反角以掌声认可。阿庆嫂皱一下眉,眼睛左右转了一下,便续茶点烟,继续与两位国军谈笑周旋。见台上慢条斯理抽烟喝茶,我感到又渴又饿。

突然,冷不防"叭"的一声枪响,吓了我一跳,随后一股浓烟夹杂火药味在我们身旁漫开。原来,剧情中阿庆嫂向湖中扔东西,引得国军开枪,以此向新四军伤病员通风报信。

演出很快结束,我们又感觉到饿了,于是再往小吃街走回去。懒洋洋地走在大树荫凉下,全然没有先前的精气神。空气中透出青草和水腥味,微风从湖面吹来,贴身衬衫凉凉的,我不由打了一个激灵。

我将《智斗》片段通过抖音发出,立即引来朋友圈无数点赞,心里一乐,嘴里哼出刁德一的唱词:"这个女人……"

(本文创作于2020年10月)

绽放虞美人

虞美人，别名赛牡丹，为一年生草本植物，是比利时的国花。每年春夏，在宿迁大大小小的公园绿地，到处都能看到虞美人成片绽放的身姿，给文明城市增添了一抹靓丽的风景。

虞美人花色鲜艳，花型美丽，广受市民喜爱。轻盈的花冠似朵朵红云，热烈而富有朝气，虽无风亦自摇曳，风动时更是飘然欲飞，其姿其容大有中国古典艺术中美人的丰韵，堪称花草中的妙品。

虞美人开花很有特点。花朵未开时，椭圆形发蕾静静垂附着，似宿迁人行为低调、埋头干事的特点。待到花蕾绽放时，弯着身子渐渐直立起来，昂首挺胸，外包的萼片突然脱落，蓄积多时的发朵瞬间绽放，体现了宿迁人抓住时机促成飞跃干成事的精气神。

虞美人相传为虞姬化身，在沭阳的虞姬沟有着许多美丽动人的传说和故事。两千多年前，项羽兵败垓下，虞姬为免除项王后顾之忧，赋诗后拔剑自刎，点点鲜血渗入大地，从此，美人虞姬化为娇艳的虞美人代代相传。如果将虞美人定为宿迁市花，能彰显宿迁悠久的楚汉文化底蕴呢。

日本因樱花增添神奇，荷兰因郁金香增添浪漫，杭州因桂花而增添灵气。我们有理由相信，虞美人也一定会给宿迁生态文明建设增添亮丽的风采。

【背景介绍】在2008年6月"我为中心城市发展献一策"头脑风暴大讨论中，适值宿迁市树市花评选活动，作者结合自身园林知识，作此文推荐市花。虞美人虽未能入选市花，却得到一定程度的普及与推广。

海棠花开

草长莺飞，万木吐绿，正值踏春时节。周末与友人相约同游市区黄河水景公园。

伴着欢声笑语，我们在一片桃红柳绿的景色中漫步，赏亭联，诵唐诗，大家兴致颇高。

刚过廊桥，突见一群人围在一片花卉前拍照，何等花竟引众人驻足流连？走近观之，颇有些园林基础知识的金华兄笑曰：此乃垂丝海棠。

垂丝海棠是落叶小乔木，树冠开展，花色艳美，果实略带紫色呈梨形，常生长于山坡丛林或山溪边，花期在每年三四月间，是长江流域著名的春季观赏花木。

我们也自然加入这群观花队伍，这片海棠数十株群植，每株都有三米多高，更显得花繁叶茂，丰盈娇艳。

早就有赏海棠之意，今天观之，更是按捺不住。有桃花的颜色，却比桃花更茂密；有樱花的雍容，却比樱花更淡然大气。近看热情奔放，远观云蒸霞蔚，微风一过，更是飘飘荡荡，美不胜收。

"碧鸡海棠天下绝，枝枝似染猩猩血"，诗人法玉随口吟出宋代陆游《海棠歌》中的诗句。海棠自古被视为"白花全尊"，唐朝宰相贾耽编著的《百花谱》中更是把海棠称之为"花之神仙"。

我们敬爱的周恩来总理生前也十分喜爱海棠花，电视剧《海棠依旧》让许多人记住了西花厅海棠的花开花落，更永远记住了一代伟人"鞠躬尽瘁，死而后已"的革命情怀。

啊，海棠花，你是春天的象征。蜡梅花开时，还是春寒料峭；荷花盛开时，已是盛夏时节；海棠花开时，大地复苏，正值春光明媚，到处万紫千红。从某种意义上说，海棠花开时节，才代表春天的真正到来。

朋友，欢迎你在春天来宿迁看海棠花开，在古黄河畔，在三台山下，在宿迁的街头绿地……到处都能观赏海棠花的婀娜身姿。

（原载于2018年4月16日《宿迁晚报》）

石榴村的歌声

一

石榴村是一个遍植石榴的普通乡村，自从被世界旅游组织定为观测点后，这个地处淮北平原的小乡村便变名扬海外了。

运河市上溯到北京约900公里，运河市下行到杭州也是900公里。大运塔是运河市标志性建筑，临水而立，青砖青瓦，给南来北往的船客亮灯指行，成为运河沿线难忘一景。

沿着运河市坐船10公里便可到达文化古镇皂河，从皂河再坐船沿西沙河向南3公里，便可来到石榴村了。据传，明朝嘉靖年间有个杨姓员外，家住杨垣村北口。

杨员外生性喜爱树木花卉，尤其酷爱石榴。为了庆贺爱女"小石榴"10周岁生日，杨员外在全村广植石榴，庭前院后，沟塘路边，到处都被栽上石榴树。从此，杨垣村又添了一个石榴村的雅号。

杨垣人还喜爱种荷花，全村众多荷塘种满了花色不一的荷花。每到夏季，杨垣村便呈现岸红塘绿的景象。清风徐来，莲叶翻腾着波浪，荷花则随风摇摆，岸边的石榴树频频点头，空气中弥漫着沁人的荷香。

与杨垣村隔河相望的是杜楼村，杜楼村因两幢清代炮楼在当地小有名气，日伪时期，曾被日军用于站岗的哨卡，"文革"期间被毁坏。两年前，闯荡广东的杜文达回乡捐资 20 万元，按原貌又将两幢炮楼重新建了起来。

和杨垣人不同，杜楼人喜欢养鱼，鱼塘边大多长满野生芦苇，芦苇荡便是杜楼村数得上的风景了。

1986 年夏天，似乎比往年更为炎热，杨垣村的石榴树上挂满了大大小小的石榴，塘中的荷花也开得很是娇艳。午后的杨垣村，除了知了聒噪的鸣叫，到处显得静谧而安详，人们大都躲在家中逃避酷暑了。

村口老皂角树下，18 岁的朱一金在树下走来走去，还时不时地向村外小路上张望，白色的两根筋汗衫湿透了一半，他在等待皂河中学的同桌刘伟。今年高考已经发榜，他们将要参加一次特殊的聚会。

不一会儿，刘伟骑着一辆破永久自行车，从石杜桥上高歌而来，刚一下车，刘伟顺手将车扔在路边，两个年轻人尽情拥抱庆贺，三年漫长的高中生活终于有个了结。

"扑通"一声，尚未停稳的自行车，晃悠悠地跌进路旁的水塘里，两个年轻人对这一幕同时瞅上一眼，竞相视笑出声来，且不由自主地击掌庆贺。

"祝贺一金，你真是双喜临门啊！"刘伟一边说一边在朱一金肩上捣上一拳。"何来双喜之谈呢？"朱一金睁大眼睛问。

"考分全班第一，被西安交通大学录取，此为一喜。" "嗯"朱一金对此不置可否。

"阿庆嫂爸爸同意你们俩交往，抱的美人归，此为二喜。"刘伟认真地掰着指头数着。阿庆嫂是他们同班女生，也是皂河中学有名的校花，因为在学校扮演阿庆嫂而一炮走红，其真名杨桂芬反倒很少有人提起了。

当年与他同台扮演胡传魁的正是朱一金，为此还闹出一段流传甚广的绯闻，只是杨桂芬爸爸坚决反对而转入地下发展，这在皂河中学还是一个半公开的秘密。

刘伟说完，当即遭到朱一进当胸还上一拳，"你小子不要胡扯，八字还没有一撇呢。"

刘伟没有防备，被这突然的一拳打了个趔趄。刘伟并没有生气，一来刘伟是朱一金的忠实粉丝，二来拳头是他们俩特有的交流方式。

"你别大意，听说班长杜木永对阿庆嫂也很有意思呢。"刘伟善意地提醒他的同桌。

"好了，咱们换个话题，我带你参观咱村的石榴王吧。"朱一金转换了话题。

两个年轻人骑上自行车，沿着西沙河一路向北，很快消失在绿色丛林中，身后留下一串自行车铃声和爽朗的笑声。

石榴王是杨垣村最古老的一棵树，专家鉴定有600年树龄，旁边树立着林业部门重点保护的牌子。石榴王树干似龙，树冠如伞，树上结满了硕大的白石榴，树下一片金黄，那是散落的树叶和掉落的小石榴。

当地百姓称石榴王为老树神，每年前来求职、求学和求财的人络绎不绝。树周围的木栅栏上被蒙上一层又一层的大红被面，据说那是还愿人对老树神表达的敬意。

朱一金和刘伟到达时，只有守树的刘老太在旁边一板凳上坐着，树前石台上还有三炷清香，正飘着缕缕白烟。朱一金双手合十向老树神拜上三拜，口中还念念有词说着什么。刘伟是邻村人，也学着朱一金的样子，有模有样地拜了起来。

这时，刘伟突然发现了新情况，急忙闪身到朱一金身旁，小声说道：

"阿庆嫂来了!"

二

朱一金对阿庆嫂的到来显得十分淡定,只是拍拍刘伟的肩膀算作回应。刘伟立刻就醒悟过来了,"哦,你们是早有约定啊。"

"阿庆嫂,我们在这里!"刘伟把手举得老高,向着杨桂芬招呼起来。

杨桂芬今天的穿着打扮真的不一般,白色的肌肤在黑色长发掩映下更显靓丽,天蓝色的连衣裙将她那性感的体型勾勒出青春气息,脚上搭配的白色高跟鞋增添了特有的气质。随着款款的脚步,长发和蓝裙也自然地飘逸摆动着,阿庆嫂宛如从天边云彩中踏浪而来的仙女,朱一金直直地望着,竟有些局促地不知说什么好。

"呵呵,拜老树神呀,先要围绕大树转一圈。"阿庆嫂一边说一边示范走动着,朱一金和刘伟赶忙跟在阿庆嫂身后。

由于跟得太紧,阿庆嫂的长发不时地拂过朱一金的脸颊,有时还能闻到阿庆嫂特有的发香和体香,朱一金禁不住内心起了阵阵涟漪。

"阿庆嫂,你家住石榴王这么近,会不会是杨员外的传人呢?"刘伟饶有兴趣地问,

"有可能,听我爷爷说,我们家几代住在这里,我家院中那棵石榴树,也有百年的历史呢!"阿庆嫂说着还热情邀请他俩到家中参观。

"聚会快开始了,听说邵老师也答应来了,我们抓紧走吧。"朱一金一边抬腕看表,一边催促大家赶路。本次聚会是班长杜木永发起的,地点是在石榴村部对面的江南人家。朱一金说的邵老师是他们的班主任邵同旺老师,邵老师是20世纪60年代山东大学中文系毕业生。

当阿庆嫂一行到达饭店时，邵老师和其他班委成员都已到齐。"迟到罚酒，每人一杯。"杜木永笑着调侃。

邵老师坐在中间，班长杜木永和副班长朱一金分别坐在两侧，劳动委员裴迅和文艺委员刘伟主动坐在倒酒的位置，学习委员杨桂芬和生活委员张琴两位女生坐在一起。

酒席开始前，杜木永站起来提议邵老师讲几句话，大家立即鼓掌欢迎。

邵老师缓缓地站起来，他双手向下示意大家停止鼓掌。"首先祝贺朱一金和张琴分别考取西安交通大学和徐州师范大学，其次感谢大家三年来对我工作的配合与支持，最后祝大家都有一个美好的前程。我提议，我们共同干一杯！"邵老师说完便端起酒杯一饮而尽，其他人也都纷纷站起来一起端杯喝酒。席间，大家自然谈到未来打算，两位大学生自不必说，杨桂芬将在10月份到运河人民商场上班，裴迅参军已经进入政审阶段，刘伟和杜木永都说还需再复读一年。

酒过三巡，4瓶55度洋河大曲已被喝个底朝天。杜木永又叫来一捆青岛啤酒让大家"涮涮"。

邵老师患慢性胃炎，平时基本不喝酒，今天格外开心，破例干了满满两杯。面对轮番而来的谢师酒时，邵老师则微笑着表示表示。

阿庆嫂始终以茶代酒，邵老师忽然来了兴致，他让杨桂芬斟上一杯酒。"我和桂芬喝一杯，听说你嗓音很好，今天不妨给大家唱上一段，也让老师开开眼界。"

阿庆嫂的精彩演唱，一下子激活了大家的文艺细胞，杜木永提议大家合唱《年轻的朋友来相会》。邵老师主动站起来，一手拉着杜木永，一手拉着朱一金，其他同学则自觉地手挽手围成一圈。当唱到"再过二十年我们再相会时"，邵老师竟眼含热泪，一边用手帕擦拭眼泪，一边说"抱歉"，"不好意思"之类。

原来，邵同旺想到了"文革"往事。正是20年前的1966年，他的父亲在一个秋后的傍晚，被红卫兵带去批斗，性格刚强的父亲不忍"喷气式"羞辱，含恨跳湖自杀。

缓了好一会儿，邵老师终于恢复了平静，他不无感慨地说："20年前，我和你们一样青春年少，如今正值不惑之年，当初的文学梦还在梦中。如今你们赶上了好时代，要珍惜啊！毕业后，希望大家继续关注《春草》文学社，继续我们的文学梦想。20年后，我们在这里聚会时，再展示每个人的文学作品，大家看好不好？"

"好！""好！"同学们一边说一边鼓掌赞同。

作为班长，杜木永站起来说："大家听好了，20年后的今天，也就是公元2006年8月6日，地点还是江南人家，我请大家吃饭，咱们一个不能少啊！"同学们都说，当然，一言为定！

邵老师兼任皂河中学《春草》文学社总编，每季度一期刊物，深受师生喜爱，杜木永、朱一金和刘伟都是《春草》文学社成员。

相互道别时，杨桂芬悄悄塞给朱一金一张电影票，并低声说道："明天下午四点，乾隆行宫门口，不见不散！"

三

第二天黄昏，夕阳将天空镀了一层金黄色，几片云霞似哪位大师写意的山水画，偶尔起落的蝉鸣，也比午间和缓了许多，空气中充满了特有的夏日诗意风情。

朱一金草草吃了点东西，又到镇上黄四理发室，精心吹洗一番，还特意在头上喷了定型发胶。

朱一金比约定提前10分钟到达乾隆行宫，他哼着"莫斯科郊外"的曲子，眼睛被树上一对追逐的鸟儿所吸引。冷不防被阿庆嫂从背后"嘿！"了一声。"吓了我一跳，咱不许这样，我打小就胆子小啊。"朱玉金的表情不失幽默。

"我们先到行宫转转吧，电影放映还有一会儿。"阿庆嫂主动当起了导游，担任文化站站长的爸爸经常带她到乾隆行宫玩耍。

乾隆行宫原名敕建安澜龙王庙，建于清代顺治年间，因乾隆皇帝南巡时五次驻跸于此而得名。乾隆行宫是大运河沿线保存最完好的宫殿式古建筑群。

走进大厅，首先映入眼帘的是"海清""河晏"两个对称的牌坊，第一道院落前面摆放一对庄严的石狮。

"据说这里的狮子和北京故宫门前的狮子规格一样，都属于皇家一品石狮。"阿庆嫂一边走一边说，声音仅能让朱一金听清楚。

阿庆嫂继续说，"敕建安澜龙王庙匾额为乾隆亲笔所题，'文革'期间被皂河镇上一位老大爷用泥巴敷上，才免遭红卫兵的破坏。"

当他俩走到御碑亭时，朱一金仰头驻足观看，脱口赞道，"有天坛的风格！"

"这个碑承载了乾隆五次题诗，是研究乾隆一生书法变化的活教材。"阿庆嫂用手附在朱一金耳朵上介绍道。

御碑的背面字体硕大，龙飞凤舞，吸引了一群人在观赏，他俩也一个字一个字地辨认，但一些地方被敲凿，实在无法连成诗句。

这时一位白发老者主动介绍说，这是乾隆二十二年第一次来皂河时所题，被凿掉的字也被考证出来了。

"皇考勤民瘼，龙祠建皂河，层甍临耸坝，峻宇镇回涡，毖祀精诚达，安澜永佑歌，彭城将往阅，宿顿此经过，捍御方多事，平成竟若何，所希神贶显，沙刷辑洪波。"白发老者一字一顿地将整诗念了出来。

他俩正准备进入龙王庙大殿时，突然隔壁的剧院响起了进行曲，阿庆嫂拉着朱一金慌忙向剧院奔去。

电影是彩色宽银幕故事片《庐山恋》，当演到动情时，阿庆嫂将手主动交到朱一金的手上，两人十指相扣，一股电流瞬间传遍朱一金的全身，虽说还在看电影，朱一金已经是心猿意马了。

电影放映结束后，其他观众都走完了，朱一金和杨桂芬才手拉手朝石榴村走去。他们走得很慢，不时对望着，却很少说话。朱一金偶尔轻轻吻着杨桂芬的头发，他们在享受着这清香、清风和清月。

不知不觉，他们又来到了老神树旁边，"一金，只许你对我一个人好！"杨桂芬小声说道。

朱一金停下了脚步，双手扶着杨桂芬的双肩，深情地凝望着，"那还用说吗？你是我的唯一。"

两个年轻的头靠得紧紧的，接着便拥抱在一起，"I love you"朱一金在杨桂芬耳旁深情地说。

"Me too"，杨桂芬也动情地用英语回应着，接下来两位年轻人便尽情地拥吻起来。

朱一金和杨桂芬在享受着初恋的甜美与体验，微风下的夏夜，是多么惬意呀，仿佛这个世界都是属于他们的，月光下的石榴王默默地站在哪儿，好像也在为他们送去爱情的祝福。

四

自从朱一金到西安上学以后，杨桂芬心里一直空落落的，每天午饭后都会不自觉地走到石榴王那里傻坐，旁边的灵璧石几乎成了她的专座。这地方的确不错，她能看到过往的人们，人们很难注意到她。一棵歪脖子榆树，除了带来荫凉，还是一道天然的屏障。

这些天，有太多的变化需要沉淀沉淀。走出校门本来就是一个标志性跨越，她与朱一金的关系也从地下转到了地上，原来一直反对他俩交往的爸爸出现了反转，甚至鼓励他与一金走近一些。对于这一点，杨桂芬对爸爸有些反感，不就是看到人家考上名牌大学吗？干吗这么功利呢？

杨桂芬转念一想，也理解爸爸对她前程的一片苦心，为了让她抵职，爸爸提前办理了退休手续，国庆节后她就要到国营运河商场工作了，找一个体面的对象，已是他们家的潜在共识。

不过她还是相信，与朱一金是存在真爱的，即使在家人反对的时候，她俩也从来没有中断过联系，她曾多次挤出自己的生活费帮助朱一金，可以说，朱一金取得今天的成绩，杨桂芬是有一定贡献的。

昨天夜里的梦很是讨厌，西安交通大学不仅校园美丽，而且美女如云，一个穿旗袍的女生，竟然和朱一金在图书馆亲昵起来。清醒后的杨桂芬再也没能入睡，还莫名其妙地在被窝里哭了一场。

十年寒窗，从石榴村一夜登上天子堂，一金呀一金，你会忘掉我吗？不会，一定不会！但为何还不给我来信呢？已经一个礼拜了，不是说好了，报到后即刻给我写信的吗？

"俺姐,俺姐!"暮色中传来弟弟杨二蛋的声音,杨桂芬的思绪又回到了现实中,哦,又坐了半天啦。

转眼到了中秋节,中秋拜月是杨家每年固定的节目,今年也不例外。晚饭后,杨站长早早将庭院打扫得干干净净,院中的桌子上摆着石榴、柿子、苹果和月饼,一家人围坐在桌旁静候月神的到来。杨桂芬心不在焉地坐着,无聊地摆弄着钥匙挂件,杨二蛋急不可耐地伸手去摸黄澄澄的柿子,却被杨桂芬用力给打了回去,杨二蛋捂着手号啕大哭起来。

"丁零零,丁零零……"大门外突然传来一阵急促的自行车铃声,杨桂芬急忙去开门,原来是村支书赵琪。

"赵叔好!爸,赵叔来了。"杨桂芬急忙扭头向爸爸报告情况,一家人都起身迎接客人,杨站长还递上一支牡丹香烟。

赵琪接烟后,自个儿将烟点着,吸了两口烟后,赵书记才从口袋里掏出一封信递了过去,"这里有桂芬一封信,我顺便带回来了,家里还等着我回去开饭呢,走了。"说完,赵琪骑车而去。

杨桂芬接过信件,自然知道是那封盼望已久的信,但她还是折叠后装进了口袋,若无其事地参加全家拜月仪式。一直到爸爸宣布仪式结束,大家取上自己喜爱的食物品尝,杨桂芬取了一块月饼便径自回屋去了。

回屋后,开灯,锁门,杨桂芬坐在床上,将信件捂在胸前好一阵子,才拿出剪刀认真地将信封剪开,生怕剪到里面的信纸。

"亲爱的芬",这是朱一金第一次用这肉麻的称谓给她写信,五页纸内容她从头到尾看了两遍。

首先,朱一金解释了为何迟信几日。因为在去西安的火车上,朱一金几乎一夜都未曾真正睡着,到校第二天便是军训,同时他也想多了解一些学校情况,以便与她共同分享。

信中，朱一金说他有时还怀疑自己是否真是一名西安交通大学的学生，为了找到感觉，他每晚上都要在校园走上两圈，漫无目的，信马由缰地转啊转啊。有一天竟转到女生宿舍楼下，还被管理员阿姨谈了好一阵子，才放他走开。

读到这里，杨桂芬竟会心地笑出声来，一金呀，你现在不仅是一名货真价实的大学生，日后还会成为国家干部，当然也会成为我的丈夫。

信的最后，朱一金描述的是怎样怎样地想她，想到了石榴王，想到了他们的初吻，更让她惊喜的是，朱一金竟然为她写诗了：

离家日比一日深，好似孤雁宿寒林，纵然长安风光好，却有思芬一片心。

五

冬去春来，时间来到了 1987 年秋天，对刘伟来说，这一年过得太快了，由于被人称为"高四"的复读生后，精神压力倍感巨大，生怕二次高考再次失败，真有些"无颜见江东父老"之感了。

刘伟今年成绩高出录取线 12 分，但能不能录取还是没有底，听说去年运河中学有位高出 30 分考生，就是因为志愿没填好而名落孙山了。刘伟转念一想，他比杜木永幸运多了。去年杜木永预选差一分被淘汰，连高考卷子都没摸着，今年总算通过了预选，结果又是一分之差而没能过线。

忐忑中的刘伟大门不出二门不迈，整日待在屋里看《人生》，好像路遥的《人生》，真能给他指点迷津似的。刘伟的妈妈拿他没有办法，就在大门外树荫下剥玉米，其实是在观察儿子的动向，防止孩子因再次高考失败做出什么傻事来。

早饭刚过，树上的知了又轮番鸣叫起来，突然一辆三轮警用摩托车从石杜大桥驶过，直向杜楼村而来。在水稻地里施肥除草的人们，惊恐地望着"突突"急驰的警车，或许，哪家不省心的小子又惹事了吧？

警车在杜楼村头拐了一个弯，在第二排刘伟家门口停了下来，"肯定是刘大这小子又赌钱了！"刘伟爸爸刘爱田慌忙地向家里跑去。

看到从警车下来的两位警察，刘妈妈吓得不轻，她赶忙站起来，已经有些手足无措了。

两位警察笑着走过来，一起向老太太行了个军礼："大娘好，祝贺刘伟考取成都警察学校，我们是来送录取通知书的。"

一位警察送上通知书，另一位警察在门口燃放了一个20000响的鞭炮。随着"噼里啪啦"的鞭炮声，一会儿就聚集了一大群乡里乡亲，其中一位又高又瘦的光头老大爷还朝刘伟竖起了大拇指，"这孩子，我早就说过，有出息！"

"刘伟考上警察学校了"，这个爆炸性新闻很快传遍了西沙河两岸，杨垣村和杜楼村两位支书还一同上门祝贺。

刘伟在去成都警察学校报到之前，特意绕道西安，与朱一金相聚，阿庆嫂特意精选了一篮白石榴，请刘伟递给朱一金。

两位老朋友相见分外开心，朱一金请了一天假，两位文艺青年不约而同地选择拜谒柳青墓。通过反复打听询问，他们终于在秦岭深处找到了柳青墓园。守园人老罗热情地接待了他们，还把当年柳青住在皇甫的家指给他们看。

他们围绕柳青墓转了一圈，然后恭恭敬敬地三鞠躬，朱一金还朗读了刚刚创作的散文《回望长安》，以示对柳青的崇敬。

刘伟则深情地朗诵柳青的名句："人生的道路虽然漫长，但紧要处只有几步，特别是当人年轻的时候。"

"今天太有意义了，相当于我们拜柳青为师。"朱一金兴奋地说。"是啊，今生如不能创作一部长篇小说，我们无法给柳青老师一个交代。"

一夜无眠，两位年轻人谈人生，谈文学，谈爱情，阿庆嫂是永远绕不开的话题，他们竟不知不觉将阿庆嫂送的石榴啃完了。

"机遇在犹豫中消失，差距在等待中拉大，伟子，我想休学创业。"朱一金冒出的话令刘伟十分震撼。

"一年的大学生活，金哥你变化太大了，在学校遇到高人了吧？"刘伟好奇地问。

"我们宿舍有一位来自四川的袍哥，思维敏捷，眼界开阔，他老爸是一位著名企业家呢！"朱一金精神焕发地说。"真是人外有人，金哥，我一直崇拜你，没想到你也有崇拜的对象。只是休学创业不可能，阿庆嫂这一关就过不了。"刘伟及时给朱一金泼了一盆冷水。

"只是说说，还没有真正下决心，不过近来我一直在思考创业的事，总觉得人生苦短，要干成事必须立足于早。" 朱一金其实也是在试探刘伟的态度，刘伟没有激烈地反对，更加坚定了朱一金修学创业的决心。

六

历史是一天一天走过来的，人是突然变老的。弹指一挥间，二十年过去了，谁也没有想到，石榴村进入高铁时代，石榴村经历一段沉寂后，现在是年客流量超百万的重点旅游打卡地，缘于西西集团董事长几年前的开发投资，在被世界旅游组织定为观测点后，更是人气爆棚，许多外国游客慕名前来采榴品汁。

石榴村村主任正是当年班长杜木永，妻子是本村的二丫，贤惠能干，连续给他生下俩小子，如今大儿子念高中，小儿子念初中。作为江南人家的老板娘，杜木永给她下了一个重要接待任务，承办毕业20周年同学聚会。

杜木永是一位农民诗人，出版过两本诗集，在当地小有影响。杜木永首先开车将邵同旺老师夫人接来，自从两年前邵老师过世后，大家都将师娘视为自己的老师，倍加照顾与关心。

刘伟比大家稍微迟一些，因为审讯犯人失手，他最近背上一个处分，大家都理解他的心情，纷纷主动与他打招呼，刘伟一一点头示意后，选择角落位置坐下来。说来也是，因忙于办案荒废了文学创作，好不容易熬到刑侦队长，却因一次意外失手而免职，刘伟的心情怎么可能好起来呢。

最后出场的是西西集团董事长朱一金，夫人杨桂芬挽着宝贝女儿春风满面紧随身后。杨桂芬现在是著名的女作家，长篇小说"石榴三部曲"获得法国诺讯文学奖。据说他们是昨晚专程从芝加哥飞到广州，今早又乘直升机赶过来的。为此，朱一金甚至推掉了在欧盟总部的一个聚会。

县长不知从哪儿得到消息，也悄悄地来到江南人家迎接朱一金，石榴村到处张灯结彩，犹如春节过年一般热闹。

聚会前，大家纷纷向邵老师夫人送上祝福，杨桂芬特意从广州带来一束康乃馨，给现场增添了无限幸福。在这次聚会上，每人都收到一本精装的《石榴往事》，是朱一金刚出版的散文集。

席间，兴致正浓的朱一金宣布一项重大决定：西西集团将再次在石榴村追加投资10亿美元建设跨境电商及物流快递项目，让世界各地的美食家足不出户便可品尝到纯正的石榴村果汁。话音刚落,县长带头鼓起掌来,掌声在江南人家响起,一直升腾到石榴村的上空,久久不息。

合唱《年轻的朋友来相会》将聚会推向高潮,在杜木永领唱下,大家簇拥着师母一同歌唱。"再过二十年,我们再相会……"泪水打湿了大家的双眼。临别,杜木永高声宣布:"20年后的今天,地点还是江南人家,我请大家吃饭,一个都不能少啊!"

(本文创作于2019年10月)

第二辑

那些人,那些事……

- 亦师亦友陈法玉
- 满分面试
- 我眼中的宗庆后
- 传统产业亦风流
- 高佳的往事
- 华栋闯京城

亦师亦友陈法玉

2020年初,陈法玉退休了。他拿到退休光荣证的当天,我特意请他小聚为之庆贺。我俩都喝高了。当第二瓶酒打开时,我俩各自点上一支烟,原本打开的话匣子这时便更加难以节制。法玉将满满一杯喝干后,顿了顿笑着说:"职场退休了,但是生活还在继续,爱好还在继续,工作也还在继续。革命人永远是年轻!"陈法玉这话,我是懂的,或许只有我能听懂。对他而言,何来退休与不退休之说?这不,就在他退休前夕,受任宿迁市大运河文化带建设研究会会长,宿迁市乡贤协会副会长的职务亦接踵而至,平时找他做些文字上事情的更是应接不暇,成天忙得不亦乐乎。

我与法玉相识于1992年,同在保安乡政府大院工作与生活,加之共同的文学爱好,双方自然熟络起来。三十年来,我们虽然都离开了保安乡,工作不断变换,但两人之间的交往却从未间断。

有一次听法玉讲他老家的故事:大集体时代,有两位村民自幼交好,他们是隔壁邻居,双方无话不谈。多年以后,两个老爷子各自靠在自家墙上,也许以往交流太多了,他俩待在一起有时竟整晚不说一句话,只是共用一根火绳,各自默默地端着自己的旱烟袋,或抬头看天,或相视一望,或听远处的狗叫,只是不用说话。到了某个时辰,一人说:"睡吧。"另一人便立刻应和道："睡就睡。"于是，两人拍拍屁股上的灰尘，各自回家关门睡觉。年年如是，月月如此。大概，我与法玉的相处似乎亦接近于这种"睡就睡"的境界吧。

陈法玉1959年底出生于宿豫区新庄镇振友村，正是如今"杉荷园"的所在地。因为学习偏科，他在恢复高考之初曾三次参加高考皆铩羽而归。高考失利后，经人介绍到宿迁白砂矿干临时工。在此期间，他尽力读身边能看到的所有书，还经常赶到宿迁城里借书阅读。

法玉爱好广泛，酷爱戏剧。有时到城里看戏误过班车，只好摸黑步行十几里返回，往往顾不上简单洗漱，便直接赶到班上投入夜班的拉砂行列。

提到夜班，他还有一段感人的兄弟情谊故事。与法玉同宿舍的有位工友名叫陈超，比法玉大近十岁，法玉称之为大哥。陈超爱怜法玉的才情与身单力薄，夜班时常常不忍叫醒熟睡中的法玉弟，悄悄把法玉的夜班给顶了下来。法玉知恩图报，时常买包烟给大哥消遣。大哥善行不图回报，利用作业小组长负责发工资的机会，又把烟钱偷偷地加到法玉的工资中。法玉常提此事，念念不忘。2021年5月2日，从处级岗位退休的法玉又想起当年的工友陈超，只是多年没有联系，不知如何见面。我自告奋勇驾车出行，法玉备上一箱酒两条烟，按照记忆中的侍岭乡大墩村导航前行，几经打听竟也较为顺利地找到了目的地。望着满头银发的陈法玉，陈超直说"不敢认"，当提到"陈法玉"姓名时，他便小跑几步过来尽情拥抱，久久不愿松开。陈超感叹当年两人处得像一个人似的，只是对送上门的烟酒连连摇头表示无奈："感谢老弟！几年前做了手术，我已与烟酒无缘喽。"

因为对文字的着迷，法玉在别人帮助下获得新庄乡报道员的岗位，后又转干到保安乡从事文秘工作。1987年，法玉在高中毕业十年后，通过参加成人高考终于圆了大学梦，成为淮阴市委党校脱产大专班学员。两年时间，法玉过起教室、寝室和图书馆的"三点一线"的生活，在浩瀚的书海中自由驰骋。

党校毕业后，法玉又回到保安乡先后任宣委、组委和纪检书记等多个职务。这一时期，刚过而立之年的法玉文思泉涌，佳作频出，印象深刻的有两件事。

一件事发生在1993年。我与陈法玉、范金华在一次饭后散步中，看到一株盛开白花的植物甚是好看，其状如盘，洁白通透，我脱口说道："好美的琼花哟！"说者无意，听者有心。第二天，法玉就将题为《琼花何止扬州有》的手稿递给我看。这篇散文在《宿迁市报》副刊发表后，十里八乡的花卉爱好者便纷至沓来，争相目睹保安乡政府的"琼花奇观"。后来我们才知道，那其实根本就不是什么琼花。

另一件事发生在1994年。为纪念毛泽东一百周年诞辰，《诗刊》杂志社面向全国举行诗歌征文比赛，法玉以一首《毛泽东——一个人神兼具的英雄》应赛获得大奖。该诗开篇便是："从人群中走来的毛泽东是神／从神坛上走下的毛泽东是人／人神结合达到如此炉火纯青的化境／这是造物主对人类一个最特殊的馈赠。"接着，诗人在"人"与"神"之间自如转换。"一碗红烧肉／一碟红辣椒／食尽人间烟火／毛泽东是人。一个师范生／持一把雨伞如持一道闪电／划破黑暗的夜空／唤醒新中国的黎明／毛泽东是神。"全诗雄浑大气，展现一代伟人毛泽东文韬武略的领袖风采。我曾在多个场合朗读该诗，获得好评如潮，一些人往往只记住朗读者，竟把原创作者给忘记了。

法玉也很富有爱心，街上见到行乞者，总要予以施舍。遇有年轻乞丐，他说即便是装出来的，也是不容易的事情。他的爱心甚而波及小猫小狗。有一次，我与法玉在黄河公园散步，在假山处偶遇一只精瘦的流浪猫，他便将随身携带的火腿肠送给野猫解馋。此后，法玉在上下班途中，总会绕道假山为野猫送食，每天必到，从不缺席，直至小猫患病死去，还设法找到为之埋葬。有一次法玉到南京出差，专门委托我代为野猫送餐。看到他专注认真的神情，我真有些哭笑不得。诗人王其成有感于这段爱心故事，专门创作了一首长诗《诗人与猫》，在圈里圈外引起广泛共鸣。

陈法玉数十年来执着于文艺创作和评论，是中国文艺评论家协会会员、国家二级作家，担任过江苏省作家协会理事、江苏省文艺评论家协会常务理事，出版了诗集《生命现象》、文艺评论集《三年间》《宿迁文艺评述》、社科专著《黄河故道》等多部著作。耳濡目染中，法玉对我的文学创作起到了潜移默化的影响作用。在他的鼓励下，我在2015年将自己多年发表的作品结集《招商梦》出版，2017年完成长篇报告文学《传"琦"娃哈哈》的出版，现在是中国报告文学会员、江苏省作协会员。

陈法玉对我来讲亦师亦友。我把30年的情谊酌进酒杯，最后再次起身对他说："退休了，是另一种生活的刚刚开始。祝贺！祝福！"法玉愈加兴奋起来，也起身碰杯豪爽以对："一切过往，皆为序章！"

（原载于 2021 年 6 月 19 日《宿迁晚报》）

满分面试

1999年夏天,商州市开发区在市直机关公开选聘三名招商人员,条件是经济类本科毕业,工龄在五年以上。曾桐正好符合选聘条件,在听完动员报告后当即报名应聘。由于开发区工资是市直部门的1.5倍,3个岗位竟有12人报名,平均4个人才能录取一人,竞争异常激烈。

第一轮笔试,曾桐排名第四,希望便寄托在面试的高分上。为此,他找来开发区相关宣传材料,又通过百度搜集一些招商引资方面资料,下班后,常常对着镜子练习。

面试在商州市开发区多功能厅进行,当曾桐走进房间时,发现主席台上坐着一排西装领带,中间是一位秃顶中年人,想必是位大领导了。

凭着在税务系统演讲的经验,曾桐先向评委席鞠躬致敬,再到自己的位置上坐下来。秃顶中年人正是开发区管委会刘主任,见到曾桐不卑不亢的气质,不由地点一下头。坐在刘主任身旁的四位是开发区领导班子成员,面试程序是曾桐分别回答每个评委一个问题。

面对五位正襟危坐的评委,曾桐突然觉得像是庭审犯人,但很快将思维调整过来。开始的问题很简单,是如何看待开发区发展和招商引资。由于曾桐早有准备,基本上是应答自如。

最后是主评委刘主任提问,他是不受问题个数限制的。"请你谈谈对犹太商人的认识。"刘主任不紧不慢地说。

曾桐头脑突然出现短路,他近期准备的都是开发区和招商引资方面知识,突然跨越到犹太商人的领域,有点文不对题的感觉。但很快曾桐在心底笑开了,他在学校喜欢读书,且涉猎范围广泛,关于犹太人的书籍,他至少看过两本,都是关于犹太人教育和经商的励志故事。

曾桐向评委席扫视了一下,现场出现了短暂的沉寂,只能听到空调微微发出的"呜呜"声。最终,曾桐将目光定格在刘主任脸上,抑扬顿挫地说:"犹太人善于做生意,和华侨与印侨并称为会经商的三大民族。当然,犹太人有其独到的经商理念。比如,一个正方形的内切圆面积占78%,其余的剩22%。犹太人便把这个法则推而广之。社会上有钱人占22%,却占有78%的社会财富。所以,要赚就赚这22%有钱人的钱,这正是犹太人喜欢经营珠宝和高端服装饰品的原因。"或许是回答超出评委预期,话音刚落,主席台上竟发出"噼啪噼啪"的掌声。

刘主任突然站起来说:"请说出犹太人聚集的国家名称。""以色列。"曾桐紧随响亮地回答,犹如抢答般神速,话语几乎与提问同时落音。未等曾桐得意,刘主任紧接着又抛出一个新问题:"2020年,以色列在上海投资一个500亿的纺织项目,请问是什么项目?"曾桐眉毛渐渐拧在一起,顿了顿,终于说:"抱歉,我不知道。"刘主任微笑着坐下去,似乎有一种征服后成就感。

多年以后,曾桐才知道最后一道题才是最要紧的,其实根本就不存在什么500亿的纺织项目,纯属刘主任现场瞎编乱造的问题。如果曾桐当时随便"忽悠"个什么名称应付,他很大可能被当场淘汰。正是他诚实地答出"不知道"而得了面试满分成绩,一举挺进商州市的招商队伍。

(本文创作于2021年10月)

我眼中的宗庆后

自达能与娃哈哈纠纷以来,由于娃哈哈荣誉员工的特殊身份,我密切关注事件发展,曾两次到杭州送去《商标法》《公司法》等相关图书,三次向宗庆后总裁函递依法保卫娃哈哈品牌的相关建议,得到宗总认可。宗总因此安排总经办电话致谢。更为难得的是,2007年6月30日,在娃哈哈集团向中外媒体高调发布信息前夕,我有幸应邀到宗总的办公室就达能纠纷事件进行半小时的面对面交流,真正实现了与宗庆后的零距离接触。

宗庆后是娃哈哈的创始人,靠"喝了娃哈哈,吃饭就是香",成功开发国内第一个儿童保健品掘得第一桶金;靠"小鱼吃大鱼",兼并国营杭州罐头食品厂奠定发展基础;靠利用外资"引水养鱼"形成规模经营;靠"西进北上",实施"销地产"战略,一举成为国内最大的饮料企业。

宗庆后是南宋名将宗泽的后代,1945年10月12日出生在江苏宿迁市东大街。坚韧、儒雅、当机立断是他给我的总体印象。一是嗜书成癖,且内容很复杂,但看得最多的还是广告、营销、市场和企业管理方面的书;二是内向性格的背后隐藏极大的"韧性"和"爆发力",如同李嘉诚说自己"谦和的外表下其实有一颗骄傲的心";三是惜誉如金,以诚待人是他的行为准则,且已渗入娃哈哈的企业文化。此次与达能纠纷中某些媒体不实之词给他荣誉带来负面影响,曾令他拍案而起。

宗庆后对毛泽东崇拜有加,毛主席的一些军事战略战术被他引到市场营销中来。他说:"中国市场的肉在城镇,而骨头在大城市。"他后啃骨头先吃肉的营销战略正是毛泽东农村包围城市战略思想的体现。宗庆后的思维是跳跃式的,有一次在饭桌上谈到宿迁泗洪是革命老区的话题时,他突然问道:"当年,宿迁距国民党总部南京如此之近,且一马平川,我党以何屏障在此落脚?""我们有洪泽湖的芦苇荡啊!"我脱口而出的回答,竟得到他的点头认可。

宗庆后每年考察洽谈3个月,市场调查5个月,飞机上240小时,而三餐合计每天不超过1小时。他唯一的爱好是工作,休闲的方式还是工作,工作几乎成为他的全部。宗庆后驰骋商海以其卓越的领导才能而备受尊敬。他是十届、十一届全国人大代表,全国劳动模范。宗总在娃哈哈集团内部享有崇高的威望,从上至下强调的就是对他决策的执行力。正是这种高效快捷的强势运营体制,把娃哈哈一步步带到中国饮料龙头企业的地位。

宗庆后20年苦心经营的娃哈哈品牌如今在国内外有很高的知名度和美誉度,特别是"非常可乐"横空出世,打破了两大洋可乐一统天下的局面,"非常可乐,中国人自己的可乐!"使国人看到了民族品牌振兴的希望。尽管娃哈哈与达能的纠纷给娃哈哈集团公司带来一些影响,但我们坚信,勤奋、诚信、创新的娃哈哈人在宗总的带领下,一定会渡过暂时的难关,迎来娃哈哈一路高歌猛进更快更好发展的新局面。

【背景介绍】宗庆后作为娃哈哈集团的创始人,在相当长时期内一直保持低调务实的工作作风。娃哈哈品牌已是家喻户晓，但人们对其掌门人宗庆后却知之甚少，甚至有些神秘色彩。由于多年的娃哈哈招商和"荣誉员工"帮办服务经历，作者有机会多次与宗庆后见面及交流。作者通过招商中对宗庆后所见所闻，写下了《我眼中的宗庆后》。该文写于娃哈哈与达能品牌纠纷之时，发表在《宿迁浙商》杂志。

传统产业亦风流

发展新兴产业是当下一种潮流，而传统的食品饮料业在宿迁却也有着独特的生命力，作为宿迁最具特色的产业而焕发出勃勃生机。中国食品工业协会党委书记王伟在考察宿迁食品产业园时感慨地说：宿迁食品产业大有作为！

新兴产业既包括新技术产业化形成的产业，也包括用高新技术改造传统产业而形成的新产业。宿迁的娃哈哈超净热灌装饮料生产线、汇源PET冷灌装生产线以及蒙牛国际样板乳业生产线均是从欧洲进口的设备，其现代化程度代表了国际食品饮料业一流水平，传统的食品产业经过技术创新完全可以融入新兴产业的发展潮流。

宿迁生态环境优越，农副产品资源丰富，又有淮海经济区大市场辐射之资源，对发展食品饮料业有着得天独厚的优势。随着娃哈哈、汇源、嘉士利、达利、雨润、蒙牛等一批知名品牌企业在宿迁大地落户，宿迁的食品饮料业初步形成了品牌集聚效应。宿迁经济开发区食品产业发展独具特色，聚集着娃哈哈、汇源、蒙牛等一批宝贵的民族品牌，已成功获批国家级食品产业园，这为我市大力发展食品饮料产业提供了重要的优质载体。

传统产业也有高新技术，传统产业也有新兴产业元素。品牌食品企业因其具有技术先进、纳税高、低碳环保、对农业带动性强等特点，已经成为我市招商引资的重点。从大项目到大产业，食品饮料业在宿迁可谓从小到大逐步成长，相信在市委、市政府发展特色产业战略思想指导下，经过全市上下共同努力，打造中国食品工业名城的美好愿景将一定会实现！

【背景介绍】发展新兴产业成为社会发展的共识，而食品产业作为传统产业代表如何定位呢？为了让大家更科学地认识发展像娃哈哈、汇源、蒙牛等品牌食品企业的重要性，作者在2010年10月首届中国（宿迁）食品产业发展高峰论坛前夕在《宿迁日报》头版发表该文，产生很好的互动效应。

高佳的往事

2007年圣诞前夕，应美国教育委员会邀请，梧桐县教育局局长高佳携夫人杜鹃来到加州州立长滩中学讲学。作为访问学者，高佳是作为亚洲青少年教育专家的唯一代表，他演讲的题目是《抽烟对青少年的危害》。

正在访问期间，高佳突然接到老同学周大年的越洋电话："沈维纲校长突发心脏病去世了。"

接到大年的电话后，高佳难掩悲痛，发生在初三（2）班那遥远午后的抽烟事件又浮现在眼前。

那时的垣尚中学是个乡下戴帽子中学，几排简陋的校舍呈"之"字形排列在一片玉米地里，弯弯曲曲的一条小路总算把学校连到外面的公路上。

垣尚中学共有四个班级，初一、初二各一个班，初三因为招复读生而增加了一个班，全校教师8人，学生百来个，校长兼教工，教书又打钟。

高佳本来在镇上读书，因为没考上高中，家中托人找到垣尚中学初三（2）班复读，准备明年再冲刺高中。

高佳平时不爱说话，这次中考失败，从镇上回到老家读书后，言语更少了。平素除了与周大年、杜虎这几个"赤精腚长大"的玩伴交往以外，他大多埋头看书，很少主动与同学交流。

周边同学则甚为活跃，同座杜虎因为家境较好，经常有好吃的与大家分享。今天，因为喝喜酒淘到一包玫瑰牌过滤嘴香烟，"谁抽？谁抽？"杜虎拿着香烟四处献殷勤，但就是没有同学敢搭语，谁不知道中学生不能抽烟呢？何况马上就要上课。

"擦"的一下，一根火柴点着了。"谁抽？我亲自给他点火！"班长周大年也来凑热闹，因为他每天晚自习负责给全班点汽灯，所以他随身会有火柴。

"给我来一支！"高佳放下书本要起了香烟，他声音虽然不大，但却引来一阵短暂的沉默和周围惊奇的目光，因为这个略带腼腆的小伙子突然冒出的语言确实有些雷人。

由于承诺在先，周大年略显迟疑后还是给高佳点了火。高佳微侧着头，故作老成，但他那笨拙的吸烟动作还是暴露他的新手身份，费了两根火柴，周大年终于完成了点烟动作。

"班长给我点烟，很有价值啊！"高佳扬起手中香烟戏谑道，但想吐成烟圈的尝试总是失败，引得周边同学嘲笑起来。

"当当当……"上课钟声刚响，兼任化学老师的沈维纲校长走进了教室。这一突如其来的状况令高佳措手不及，团团烟雾一下就被沈校长注意到了。看客们已经落荒逃到自己课桌上，沈校长严肃的目光与高佳狼狈的眼神碰撞在一起，四目相对，有愤怒有疑惑有惊恐。高佳刚吸入口中的香烟不得不憋在腔内。

"起立！"随着周大年的喊声，全体同学站了起来。"坐下！"沈校长声音似乎比平时高了许多。

坚持没多久，高佳就实在憋不住了，他趁沈校长板书之机，将烟吐向课桌下面，一缕青烟随即升腾在教室的角落里。

"请高佳同学到教室前面来一下。"沈校长刚刚写下水的分子式后突然停下了讲课。沈校长本就微黑的脸涨得红红的，尽管语言缓和，但同学们感受到他尽量抑制心中的无名之火。

随着高佳一步一步缓缓走上讲台，全班同学的目光都随着高佳的身影移动着，仿佛话剧中的焦点人物。大多同学还不明就里，惊诧的眼神和寂静的课堂形成戏剧性的画面。

"课堂抽烟，这是一个不折不扣的流氓行为！"沈校长揭开了缘由，"如不严肃处理，恐怕会把镇上的坏习气传染到全校，现在请高佳出去，认真写检查，如何处理，待校务会研究决定。"沈校长最终还是没能忍住心中的怒气。

"我不是没给高佳机会，进教室第一眼就发现他在抽烟，我示意他迅速改正，但过一会仍在抽烟，是可忍孰不可忍，这件事一定不能打和牌。"沈校长终于将这事告一段落，继续他的化学讲课。

走出教室的高佳，一片惘然，去哪里？突如其来的变化，令16岁少年头脑一片空白，他后悔，不该显摆让同学为自己点烟；他后怕，如若传到家里，挨父亲一顿揍骂是免不了的。关键是检查如何写？如果如实写清抽烟的始末，还会连累到带烟的杜虎和点火的周大年。"罢，罢，罢，就编个拾到烟头吧！"拿定主张的高佳还有一丝得意，不觉沿学校后面小路走了好远。

眼前的玉米足有一人多高，每个玉米大都结有两个棒子，一大一小，空气中弥漫着淡淡清香。但高佳的心情却糟得很，他幻想自己成为一个飞人，穿越玉米丛林飞向天际。

"当当当……"下课的钟声把高佳拉回现实，也许是距离的缘故，钟声时而响亮时而模糊。高佳不敢怠慢，赶紧向学校一路小跑过去。

刚到教室门口，学习委员刘芹满头是汗招呼他："哎呀，你跑到哪里去啦？沈校长正在办公室等你呢，快去吧。"

高佳来到校长室，见到沈校长正在看当天报纸，一手点着香烟，另一只手扶着冒着热气的茶杯。

"沈校长，我……"高佳站在校长办公桌旁，声音很小。沈校长没有立即转脸看他，一直将报纸一段文字读完后，呷了口茶，才细致打量他。

"你小子胆子够肥的呀，说吧，烟从哪里来的？"

"在教室外面捡到的，是人家扔的烟头……"高佳的回答有些结结巴巴，两只手交叉着，不知道怎么摆放才好。

"骗小孩吧！全校8个老师就我一人抽烟，我从不抽游烟，而且每次抽完必须掐灭，这是我几十年养成的习惯。你再到外面捡个试试？！"这点伎俩哪能逃过校长的眼睛，高佳面对沈校长的攻势选择了沉默。

"犯了错误，还不诚实，看来你顽固的很啊。明天早操后，你向全校师生检讨！这股歪风绝不能蔓延。"说完，沈校长"啪"地用打火机又给自己点了一支香烟。

晚上，躺在床上的高佳实在难以入睡，他设想在全校师生面前检讨的场面。初二年级的杜鹃，也就是杜虎的妹妹，一直将高佳视为崇拜偶像，借她两本书还没还呢，她会怎么看？最终高佳作出一个重要决定，明天不去上学了！

似睡非睡中，不知不觉天已放亮，高佳被窗外的雨声吵醒，推开窗户一看，雨水唰唰下个不停，地面都已形成了积水，水面不时溅起一个个涟漪。

"真是天无绝人之路啊！"高佳心想，"下雨了，自然就不能上早操,那在全校检讨的事自然就无从谈起了。"高佳又临时改变了主张,准时地坐在垣尚中学初三(2)班的座位上。

伴着朗朗的读书声,高佳左看右看没有发现什么异样,于是他打开语文课本,翻到《从百草园到三味书屋》这一篇,正准备朗读,班主任徐守礼和沈校长一起走进了教室,徐老师敲了两下讲台,偌大的教室顿时静了下来。

徐老师开门见山地说:"昨天高佳同学课堂抽烟事件,性质恶劣,影响很坏,根据校务会意见,原计划高佳在全校检讨,因下雨而不能如期进行,改为分班级批评帮助,现请高佳检讨,然后同学会帮助,沈校长亲自参加我班的批评帮助会,体现了校领导对初三(2)班的关心关爱,请同学们鼓掌欢迎!"

检讨、帮助、总结。依然是"捡来的烟头",依然是态度恶劣。过了几日,学校的处理决定下来了:记过处分!高佳仿佛经历人间炼狱一般,他有些撑不住了,杜虎说他脸色难看,周大年也悄悄过来安慰。

第二天上午,高佳路过初二年级教室时,听到两个女生在他身后窃窃私语"他就是高佳!"高佳心里一颤"哦,全校皆知了。"

一个风清月高的夜晚,休息的钟声早已响过,垣尚中学除了教室宿舍亮灯以外,校园一片沉寂,只能听到蛐蛐此起彼伏的鸣叫声。沈校长经过一天的劳累,正躺在床上看《红楼梦》解闷,突然,"咣当"一声碎响,一个半截砖头滚落到沈校长床下。

不容分说,老沈冲到床下,光着脚跑到屋后察看,窗户破了一个大洞,打碎了两片玻璃,屋后的玉米地一片乌黑,远处几棵玉米战栗着晃动。

听到动静的体育老师小李也拿着手电筒赶到现场,见到沈校长慌忙问:"校长,什么情况?"边说边用电筒照向玉米地,"谁?"小李喝道。

李老师不仅是体育老师，还兼管学校的安全保卫工作，个子不高，但十分精干，深得老沈的信任。

沈校长像是突然明白什么似的，"小李，跟我来！"小李疑惑着跟着沈校长来到宿舍，只见桌上的红墨水淌了一片，已经流向地面，在灯光照映下像鲜血一样惊悚。地面上，那半块砖头无声地躺在那里。

"肯定是高佳那兔崽子干的，我去抓他，开除！"小李吼了起来。"这件事到此为止，权当什么也没发生，懂吗？这里，我自己打扫，你负责将窗户玻璃恢复原样。"沈校长下了指示。

小李老师嘴张的老大望着沈校长半天，醒悟过来后连忙应到："哦，好！好！"

第二天晨读时，沈校长少见地到初三（2）班巡视一趟，当瞧见高佳捧书的右手缠着白胶布时，沈校长眼光一掠而过，点上一支香烟，默默走开了。

大约两周以后，镇上派出所刘指导员到垣尚中学大操场上了一堂普法课，教育中学生要学法守法，做一名遵纪守法的好学生。

刘指导员深入浅出、循循善诱的讲课，引得全体师生阵阵掌声，特别是正反两方面的案例讲得生动形象，同学们时而静心倾听，时而掌声喝彩。

高佳埋头认真听讲，将笔记本记得密密麻麻，有的打上了着重号，有的还打上了五角星。联想到近来发生的一系列事情，高佳觉得刘指导员的每一句话似乎都是指向他的，他越来越感受到沈校长对他的良苦用心。

下午的课外活动课期间，同学们大多到操场打球或跑步去了，高佳却径直向校长室走去。沈校长见到高佳似乎并不意外，示意他坐下，还为其倒上一杯水。

高佳刚开口说："我错了……"就已经泣不成声了。

沈校长和缓地说道："知错就好，知错就好啊！我知道你会来的，周大年和杜虎已经将抽烟事件向我说了，你真不该撒谎，导致我的误判。"

沈校长抽了一口烟继续说："高佳啊，你不要再背上思想包袱了，学校正在研究撤销对你的处分，还有8个月就中考了，希望你认真学习啊！"说着，沈校长从抽屉里摸出一个精美的封皮笔记本，扉页上两行洒脱的毛笔字映入眼帘，"努力学习，走向辉煌的胜利！"落款是"沈维纲赠"。

高佳抱着笔记本，忍不住放声哭出来，"感谢沈……校长，我会努……努力的！那天的砖头是我扔的……"高佳说着说着已是泪流满面。

沈校长在高佳的肩上轻轻拍了拍："那天你只是想出口怨气，并无心伤我，都过去了，不提啦！"

沈校长感慨道："佳啊，我已经被烟祸害了，希望你长大后不要抽烟，烟呢，不是好东西！"

一晃间，垣尚中学周边的玉米地变成了一片碧绿的麦田，走在麦田小路上的高佳、周大年和杜虎一路打闹。大年说："高佳，你小子一定要请客，全校一共5个'三好标兵'，可不简单啊！"高佳只是笑着，却不搭嘴。

麦田变成了水稻田的时候，高佳也变成县上梧桐高中新生，在入学报道的前一天，杜鹃陪着高佳将两包玫瑰牌"谢师烟"送到垣尚中学，对此，沈校长毫不客气地笑纳了。

冬去春来，学生走了一届又一届，老师也换了一茬又一茬，沈维纲校长依然坚守在垣尚中学。1992年夏天的一个傍晚，同学们都放学了，沈校长一边抽烟一边望着窗外的玉米地出神,突然传来敲门声,"请进!"沈校长并没有转脸。

走进来的是后勤处李主任,也就是当年的体育老师小李。"真是冤家路窄啊!这次县里组织财务调片大检查,带队检查我校的就是那个高佳,听说这小子出息了,是东北片哪个镇上财政所长。"李主任刚进门就嚷了起来。

"噢!"凝望着窗上的玻璃,沈校长猛抽几口烟后,若有所思道:"教育无定式,当初要是将其开除,社会上可能就会多一个问题青年啊!"

李主任不住地点头:"是啊,是啊……"

检查组成员小张和小艾都是财会专业毕业不久的大学生,垣尚中学的财务检查报告很快被送到高佳手上,主要问题是:学校自留地的玉米、小麦等收入没入账,属典型的"小金库"。

在检查沟通会上,高佳说道:"小金库是这次检查的重点内容,按规定,应双倍罚款并通报到全县教育系统。罚款可免,只是这通报?……"

李主任连忙解释:"高所长,你是我校毕业的高才生,不看僧面看佛面……"

沈校长却把李主任的话打断了:"高佳,你不要有思想负担,凡事要讲求公正,该通报就通报吧,否则,如何服众呢?!"

"当年的抽烟事件,我给你一个记过处分,今天,你也给老师一个通报,我俩算扯平啦!"沈校长笑着说道,较为紧张的气氛立刻轻松起来。

随着时间的淡去,当年作为垣尚中学头条新闻的抽烟事件,人们再也没有兴趣谈起。只是在垣尚中学初三(2)班毕业10周年师生聚会时,还有同学作为陈年话题活跃了一下气氛。

挂上周大年的电话,高佳当即回到下榻的加州亚朵酒店,在桌上摆了两个苹果，将手机里沈维纲校长的照片调到屏幕并摆在案上。

布置一番后，高佳局长觉得还是少了些什么，于是又叫杜鹃下楼买来一包软中华。高佳点上一支摆在沈维纲照片前面，屋内顿时飘出淡淡烟香，一缕青烟在桌案上空似祥云般环绕开去。

高佳双膝跪地，面向沈维纲校长的照片，郑重地磕了三个头，心中默念："沈老师，您老人家一路走好！"

（原载于2019年5月《楚苑》126期）

华栋闯京城

一

那天晚上,月亮在云层里穿梭,时隐时现。时令正直初冬,夜晚寒意袭人,喧嚣一天的城市渐渐沉寂下来。

梧桐开发区大楼168会议室灯火通明,2015年度招商考核会议正在进行。开发区刘兆译书记敲着桌子说:"招商引资是开发区工作的生命线。但是,我们去年招商成果不理想,或者说很差,全省垫底,现在面临国家级开发区被摘牌的危险。同志们,市委闫永亮书记会场坐不住啊,我这老脸当时都不知怎么放。"会场一片寂然,没有人吭声,有的以咳嗽代替尴尬。招商局局长慌慌站起来说:"我们没干好,我们有责任,愿意接受组织处理。"他一边说一边擦汗。"当然,你们也做了一些努力,但成绩很不平衡。据说,有人拿末位淘汰当儿戏,两年没有任何招商成绩,拖了全局的腿,也拖了全区的腿,是可忍孰不可忍,是谁就站起来让大家看看。"刘书记已经怒不可遏。

后排的招商人员面面相觑,你看看我,我看看你。疑惑间,孔华栋从角落里站起来,全场的目光一下聚拢到这位高个子身上。"我想,要招就招大的,但大项目周期长,我还需要……需要一些时间。"孔华栋自顾自说话并不看大家。"你还辩？！"刘书记打断了孔华栋的讲话。

接着，会场传出一声尖锐的骂声："快滚犊子吧！"一石激起千层浪，各种谩骂与嘲笑随之而来。这时，坐在招商局局长旁边的赵大铭"腾"地站起来。赵大铭是招商小组负责人，孔华栋的顶头上司，招商局内部早有他俩不和的传闻。赵大铭用手指着厉声喝道："孔华栋，你就是个大忽悠！一手忽悠老板，一手忽悠领导，小项目都招不到，口口声声说招大项目，告诉你，你根本就不是招商的料！"

"淘汰淘汰！""回家回家！""滚回老家！"铺天盖地的谩骂与斥责变成潮水从四面八方涌来，孔华栋瞬间被洪水巨浪吞没，他挣扎着，哭喊着。

睡梦中，孔华栋额头冒出硕大汗珠，浑身发颤，突然一个激灵坐了起来，嘴里不住地呢语"淘汰，淘汰"。妻子董岚岚熟睡中被惊醒，开灯后将手探向孔华栋额头，冷不防被一巴掌打开。"我没病！"孔华栋吼了起来。董岚岚叹着摇了摇头，又止不住埋怨起来，话里有几分哭腔："栋子，你又做噩梦了，咱能不能不招这个商呀，天天做噩梦，还让不让人活呀？！"孔华栋拍着床说："不要再说了，烦不烦啊？告诉你，一个人可以被消灭，但不能被打败。我一定要招一个大项目，让他们看看，我孔某人到底是不是招商的料。"

董岚岚正要发作，隔壁突然传来孩子的咆哮："你们有完没完，吵死啦！"他俩只好进入休战状态。董岚岚明天还有采访任务，便赌气式面朝墙壁独自睡去。董岚岚怎么能睡得着呢？她和孔华栋是厦门大学同学，而且还同是文学社的成员，孔华栋为她写的情诗足足存了两扎。那时，他们爱得死去活来，为了爱情，她放弃回杭州老家的工作机会，跟着孔华栋来到淮北平原的梧桐市。一个是税务干部，一个是报社记者，后来又添一个小宝宝，三口之家其乐融融。

两人的矛盾是从两年前开始的。有一天孔华栋兴冲冲回家告诉她，开发区将在全市机关选派招商人员，他正好符合条件，准备报名应聘。董岚岚当即表示反对，理由是税务工作福利好又有保障，招商肯定需要满世界跑，他们上有老下有小，这个家怎么办？孔华栋当时就急眼了，说这事已经向领导承诺了。董岚岚当时就问："招商，招商，你懂什么是招商吗？"孔华栋颇有信心地说："顾名思义，招商就是招来客商，引来资金。如果能为家乡招来一个大项目，不仅能为政府带来财政收入，还能为百姓增加就业。你不是希望我能干出一番事业吗？我喜欢这种挑战性工作。"后来，孔华栋还给她发来长长的一段微信，说招商可以实现他的梦想，希望董岚岚支持他的人生选择，其中还引用董岚岚"将人生的光弧画得更亮些"语句以示共勉。董岚岚知道孔华栋的特性，但凡他认定的事，很难把他拉回头，就不再说什么。

自从孔华栋干招商以来，家庭的生活节奏被彻底打乱，孔华栋整天不是接待客商，就是出差拜访，接孩子上学放学落到董岚岚一个人身上。家里的事情帮不上忙，反而，他吃饭不及时，生活无规律，还时常让人担心他的胃病发作。妻子两个生日孔华栋都没在家吃饭，甚至连结婚纪念日都忘了。于是，两人口角争执愈来愈多。想到这些，董岚岚禁不住长叹一声。

孔华栋索性起身到客厅，靠在沙发上看电视，他叼着香烟，咳嗽着把烟点着。妻子悄声给他披上外套，顺手倒上一杯热水，孔华栋并不领情，竟头也不回地跨入书房，董岚岚叹着摇了摇头。

孔华栋把书房门关上，习惯性打开电脑浏览财经网站，他将全面二孩政策翻过，在互联网＋的页面停下来。看着看着，孔华栋眼里突然放出光亮，身体坐直前倾，一条震撼性消息引起他的注意，北京将举办中国史上规模最大的一届企业家年会，富豪榜前十位悉数参加，新晋首富钟家豪将亮相年会并做主题演讲。

钟家豪何许人也？大千公司董事长，当年的大陆首富，以文化地产起家，经营产业涉及文旅、商超等多个领域，是创业者崇拜的传奇风云人物。最近媒体报道，他准备狂砸150亿元投资新能源汽车项目，正在酝酿国内布点问题。孔华栋感到内心一阵狂跳，他想，参加企业家年会的企业家都是各个产业的翘楚，这些都是他要招商的大鱼呀。退一万步想，即使能结识钟家豪一个人，也是值得的。

出战企业家年会的念想在孔华栋心中升腾起来，他决意要赴京招商淘金，"北上，北上！"他默念着，仿佛一个大项目在向他招手，兴奋之余将双手一合竟大喊一声"好！"刚刚入睡的爱人又被吵醒，回应一声"神经病！"孔华栋不以为然，只要想到招商能打开局面，他就无比欣慰与乐观。

在这寂静的冬夜，他推开窗户，深深吸一口凉气，全身顿时充满了能量。他又想起市委闫书记在电视上的一段讲话："梧桐的发展靠工业，工业发展靠招商。招商引资是实现梧桐跨越发展的根本途径，招商引资是全市干部建功立业的主战场。同志们，发展是时代的主题，我们不能坐而论道，我们要冲到招商一线。"孔华栋精神焕发，再无睡意。

孔华栋顺手从书架上取下柳青的《创业史》，这本书他不知看了多少遍，书中的梁生宝给他以无穷的创业力量。他想，每一代人都有每一代人的历史使命。如果说，梁生宝当年的理想是带领乡亲们走合作化道路，那么，在如今改革开放的年代，招商引资也是我们这代人实现梦想的平台。想到把自己和文学中的英雄人物相提并论，孔华栋独自笑开了。

现在,他什么都可以想,什么都可以不想,暂时忘记残酷的招商竞争与考核,他在自由的思想世界里遨游驰骋。

二

第二天早上,孔华栋早早来到河边散步。京杭大运河从北京一路流来,在这里突然拐了一个大弯,来不及停留喘息,又迫不及待地朝杭州方向流去了。孔华栋喜欢在大运河边来回走动,美其名曰"走大运"。泡桐叶子已经落尽,柳树却还一片金黄,他在一棵巨大的泡桐树下站住,看着由远及近的船队,想象当年乾隆皇帝乘龙船南巡的情景,脚下应该都是纤夫的脚印。一声汽笛把孔华栋的思绪拉回来,他双手呈喇叭状,朝着运河的上游喊了一声长长的号子,好像北京企业家年会组委会已经向他邀请似的,顿时,感觉轻松了许多。

回到家,妻子已经送孩子上学,餐桌上摆着两盘炒菜,豆芽炒粉丝和青椒炒土豆,这正是孔华栋平时的最爱,桌边压一张纸条:"记住吃药,注意保暖。"妻子的叮嘱戳到孔华栋内心痛点,其实,董岚岚身体也不好,长期文字工作留下腰椎间盘突出病症。他眼睛眨了眨,鼻子感到一阵酸楚,这些年风里雨里在外跑,亏欠老婆孩子实在太多了。

孔华栋记得有一次,董岚岚上班路上被车撞了,脚踝骨处需要手术。董岚岚做完手术刚刚苏醒,他就把妻子委托丈母娘照料,急急地赶去机场接待客商,被丈母娘狠狠地白了一眼。

还有一次孩子半夜发烧,董岚岚一个人带去医院挂水。孔华栋只能在遥远的广州与母子视屏通话,孩子埋怨爸爸为什么总是这样忙,他一时语噎差些说不出话来。

吃完早饭，孔华栋将碗筷胡乱丢进洗涮盆，便急急忙忙赶去上班。车辆驰行在楚街大道，孔华栋每天都要经过这个特色街区，今天显得特有风味。听着歌曲《千里之外》，孔华栋按下车窗欣赏起来，建筑古朴端庄，一个又一个美食店从眼前掠过，空气中散发着微微的香气。梧桐市正在创建全国文明城市，到处整洁干净有序，充满和谐向上的力量。

早上的梧桐开发区办公大楼繁忙而有序，大家都行色匆匆，显示屏上"招商是第一政绩，发展是第一要务"的标语更增添了紧张气氛。孔华栋和同事频频打着招呼"早！""早！"

孔华栋穿过大厅左拐，来到赵大铭的办公室。两人见面没有寒暄，孔华栋开门见山地说："赵处，我想后天到北京招商。"赵大铭一怔，不知道孔华栋葫芦里装什么药，对于这位下属，赵大铭实在有些头疼，论智商没得说，但常常越级汇报，令他这个小组长很是被动。赵大铭说："北京？有什么具体线索吗？我建议还是以东南沿海为主，不要到处瞎折腾。"听到"瞎折腾"三个字，孔华栋很是不爽，便说："北京有个企业家年会，我想去看看有没有机会，听说首富都参加了。"赵大铭生气了，年初的工作计划明确将广东和福建作为重点招商区域，而且列出几条具体招商线索，但是孔华栋嫌弃这些小项目，整天围绕"中国五百强""世界五百强"大企业招商，结果一事无成。现在，已经面临末位淘汰的局面，孔华栋仍然不按规矩出牌，执意到北京见首富。

让赵大铭耿耿于怀的是孔华栋从没把他放在眼里，摆不正自己的定位，时常跳过他直接向局长汇报工作。"华栋，打牌还知道有大小王呢！"赵大铭曾这样间接提醒过他，但孔华栋依然我行我素，赵大铭早就想瞅准机会教训他一番。赵大铭说："华栋，你不要再好高骛远了。再说，你有邀请函吗？这么大活动你根本进不去的。"孔华栋没有正面回答赵大铭，仍然坚持到北京试一试。赵大铭无奈地说："如果你执意去北京，属于你个人私自行为，单位不会给予任何报销。别忘了，大家都是立下责任状的，没有招商成绩将被末位淘汰，这是管委会文件明文规定的。"

三

"同志，北京站就要到了，请换车票。"一位女列车员叫醒了上铺的孔华栋，他是有意选择这一班火车，在车上睡一觉便到北京，既省去一天的住宿费，又不耽误事。下了火车，孔华栋拉着行李箱朝天安门走去，他要用脚步在大都市留下点什么，这样才感到踏实。"到北京一定要见到天安门。"他想，反正有的是时间，会议明天才开始呢。这是属于孔华栋的仪式感，上海的外滩、武汉的黄鹤楼、西安的大雁塔、杭州的西湖，等等，他都是忙里偷闲到过，哪怕见上一眼，说明到过这个城市。

霞光透过云层射出几道亮光，仿佛克服道道阻力终于自由一般，把京城披上一层金色。孔华栋无心欣赏美景，脚步感到越来越轻。他随着人流走出过道，眼前豁然呈现的是天安门广场。国歌声骤然响起，升国旗的时间到了，人们都停下脚步，面向国旗方向肃立。孔华栋放下行李箱，严肃地呈立正姿态，仰望五星红旗冉冉升起，跟着节奏大声唱起国歌，心中升起无限感慨。升旗仪式结束，孔华栋仍然站着不动，朝着天安门深度三鞠躬，心中默默许下愿望，才打车向中国大饭店驶去。

"欢迎光临中国大饭店！"迎接孔华栋的是服务员温馨的问候。2015中国企业家年会报到处空空的，酒店服务员告知组委会八点才上班，此时尚未到七点。孔华栋将行李箱寄存在前台，走向旁边的庆丰包子铺。孔华栋点了一份炒肝，要了一笼包子，猪肉大葱馅的。孔华栋边吃边想，钟家豪准备跨界投资150亿元新能源汽车项目，如果能落户梧桐就好了。为了结识新晋首富，孔华栋做足了功课，不仅了解他的创业历程，还专门研究他们的企业文化，甚至对钟家豪的个人履历也进行一些研究。

孔华栋再次来到中国大饭店时，报到处有人正在办理手续。当他介绍来意后，一位女士显出惊讶的表情说："我们年会仅限于企业界董事长或总经理，况且前期报名早就结束啦，我们是按花名册办理参会手续的。"孔华栋不甘心，仍缠着说："5000元费用我准备好了，也不差我一个嘛。"这位女士无奈地说："你下午过来和我们领导说吧，我们真的没有这样的权利。"孔华栋看着眼前花名册，只好叹息着走开了。

孔华栋索性围绕中国大饭店转起来，毛毛细雨淋湿他的头发，眉毛上结了一层雾，他不管不顾，边走边反思他的北京之行。要说这次执意北上的确有些冒失，赵大铭的建议还是有一定道理的。但转念一想，招商第一步就是获取线索，面对五百名重量级企业家，他怎么能舍得放弃闯一闯的机会呢？他思忖着下午如何与组委会领导沟通协调。总之，开弓没有回头箭，无论如何，他要想办法进入会场，结识钟家豪的机会实在太难得了。

当天下午，终于等来组委会负责人钱主任，一位面目和善的白发老者。听完介绍，钱主任很是感动，但还是不无遗憾地说："孔同志，非常抱歉，企业家年会已经举办20年了，我们秉承的宗旨始终是企业家自己的聚会，参会人员严格控制在年纳税超千万元的企业家。除此以外，仅允许部分媒体人员参加，年年如此，届届如是。我是爱莫能助啊，请你理解。"话刚说完，早有一帮人簇拥他去看会场，孔华栋待在原地，半天待在那里。

受挫的孔华栋并没有放弃，为了节约费用，他在附近一个便宜的"好再来"小旅馆住下来，准备明天伺机而动。"哪怕有百分之一的希望，也要付出百分之百的努力。"他想。

四

第二天早上，孔华栋早早爬起来，在旅馆旁边公园里晨跑，这是他在厦门大学时养成的习惯。他在晨练的队伍里神态自若，也想活出北京人的风采，但西装革履的装扮，让人一眼就知道他出差的身份。

上午，孔华栋提前一小时到达中国大饭店，会议氛围已经十分浓厚。门厅上方一排金黄的楷字循环播放："欢迎各位企业家参加年会！"大屏上的红色大字更为显眼："热烈祝贺2015中国企业家年会胜利召开！"酒店广场上空飘荡着各色气球，气球下方的彩带左右摆动着。

孔华栋两次试图进入会场都没成功，原来凡是有嘉宾证的信息已被储存，他们经过入口时，闸门便会"滴"的一声自动打开。孔华栋没有嘉宾证，闸门自然无动于衷，被工作人员劝回取证。孔华栋惊叹于智能化应用的广泛性，突然觉得"滴"的声音这么好听。他决定离开正门另寻办法，因为他已经引起正门工作人员注意了。

眼看距离大会开幕时间越来越近，孔华栋急得团团转，他突然眼前一亮，发现侧门只有一胖一瘦两个保安把守，并没有什么智能化设施。孔华栋不慌不忙走过去，把其中一位瘦保安叫过来说："正门秩序很乱，能否请你帮助维持一下？"瘦保安两脚"啪"的一靠，给出一个标准的敬礼，随着一声"是！"瘦保安双手抱拳向正门跑去。胖保安正恍惚疑惑间,孔华栋已经步履稳健地向他走来了。胖保安是安保小组负责人,凭他的直觉判断,来人应该是会务组的某个领导,再看他的气质风度,胖保安立即以敬礼姿势迎候对方的训话。孔华栋神情淡定严肃,他轻轻拍了一下胖保安的肩膀,说声"辛苦啦!"便向会场走去。胖保安凭多年职业本能,还是发出检查证件的口令。"同志,请出示证件。"孔华栋没有任何回应,他边对着手机讲话边向里面走,留下胖保安一脸茫然的神情。

其实,此时的孔华栋比谁都紧张,他意识到机会稍纵即逝。如果被拒在会场门外,他争取的北京之行将彻底失败,他的招商局面也很难打开。他走进会场,才发现两个手心都已被自己攥出汗来。偌大的会场秩序井然,大部分嘉宾都已在座位上坐好,走廊过道上只有几位记者来回穿梭的身影。会场的舞台大屏正在播放暖场片,把嘉宾的面庞照得一明一暗。

孔华栋走进去,赶忙在后排拐角处找个位置坐下来,可是,刚落座没到两分钟,就有嘉宾向他示意坐错位置了。大家都是对号入座,偌大的会场根本没有属于孔华栋的座位,他只好站在后排记者一起,拿着手机拍照来掩饰自己的尴尬。"到底是首都,场面这样宏大气派。"孔华栋想着。他原以为这样规模会议一定乱糟糟的,没想到这样井然有序,自己差一点没"混"进来。他突然意识到自己是站在会场的制高点,愈向主席台地势愈低,他可以俯视整个会场。他想,以平均每个企业年产值10亿元计算,这里的企业家每年可以贡献5000亿元的产值呀。

突然,会场前面一片骚乱,一位嘉宾在众人簇拥下走进会场,前面有人开道,后有保安维持秩序。众多记者扛着长枪短炮追着拍照摄像,随着快门"咔咔"声响,一群人在刺眼的闪光中前行,后面的一些嘉宾也站起来向前面张望。孔华栋向身边人打听，原来是首富钟家豪先生到了。

听到"钟家豪"三个字，孔华栋顿时血液上了头，他握着自己的名片向前冲去。可是人员实在太多，根本没有接近首富的机会。这时，舞台大屏画面转换成"2015中国企业家年会"的字幕，整个会场的灯光陡然亮起来，随着主持人催促"回到自己座位"，围在首富身旁的人群陆续散了，独独剩下孔华栋一个人。

孔华栋将自己的名片恭恭敬敬递给首富，上身微微前倾，"钟总您好！请多多指教。"孔华栋声音低沉富有磁性，目光诚恳又充满期待。钟家豪怔了一下，赶紧招呼秘书递来私人名片。令孔华栋欣喜的是，钟家豪名片上的名字是首富亲笔手写体，"钟家豪"三个字俊朗飘逸，私人手机号码赫然在目，这在招商会上几乎是不可能遇到的，根据以往经验，这样级别的老板的联系方式大都是"总机转"。孔华栋犹如带着战利品凯旋，他脚下生风般从前排向后排走去，全然不顾开幕音乐已经响起，对蓝裙子主持人愤怒的目光也全然不知。

孔华栋站在会场，一直盘算与首富进一步接触的机会。会议开始约一刻钟，孔华栋发现第一排有个位置一直空着，估计这位嘉宾临时有事来不了，孔华栋大大方方走到前排，在空位上坐下来，还分别向身旁的嘉宾微笑点头，仿佛那就是他的座位。席卡的名字是朱东旺，这个人并不陌生，曾经的大陆首富，中国玻璃行业领军企业的创始人。孔华栋左右看了看，他距离首富钟家豪仅仅隔了两个座位，脸上现出一丝得意的微笑，他想："真是天赐良机，要干就干最大的，这次一定要搞定钟家豪。"他有些志得意满，好像找到一把招商的金钥匙。

其实，朱东旺此时就在会场，作为惠顿公司董事长，他刚才接到集团公司的紧急电话，到走廊外遥控指挥，回来时，发现一位青年人大摇大摆地坐在自己的位置上。怀着惊诧与好奇，朱东旺并没有走回自己座位，而是在边上寻个位置坐下，暗中打量思忖起来。近来，朱东旺内心备受煎熬，由于前期对品牌及无形资产的认识不足，"惠顿"商标有被新加坡兴佳公司并购的风险。他本是上届首富，正是因为与外方股东的品牌纠纷，导致产品无法在国际市场出口，国内市场也面临巨大威胁，订单损失惨重。他曾经借助外方资本扩大生产规模，抢占了玻璃市场黄金期，如今又因为外方合作矛盾而身陷危局，真是成也萧何败也萧何。朱东旺身在会场却无心开会，面对"惠顿"品牌可能丢失的危险，他必须尽快拿出破局之策。

刚才，朱东旺接到惠顿公司常务副总裁骆艾龙的电话，得知一条非常糟糕的消息：兴佳公司通过操控网络舆情，散布"惠顿"商标所有权已经属于兴佳公司的言论，导致惠顿股价断崖式下跌。朱东旺当即作出两项应对措施：一是在惠顿公司官方网站辟谣，公开声明"惠顿"品牌纠纷正在诉讼阶段，目前商标所有权仍掌握在惠顿公司手中。另一方面，安排公司高管带头买入惠顿股票，尽量维护惠顿股价相对稳定。

在全球经济环境风云变幻下，经济实力格局此消彼长，国内许多行业龙头企业迎来一波中外合资热，有的通过合作迅速壮大实力，成为国际上有影响的企业，有的因为合作丢失话语权，有的甚至直接被并购或被排挤出局，有人通过资本运作坐到前排，有人因为投资失败退到后排，还有的直接不好意思过来了。真是几家欢喜几家愁啊。

如今的钟家豪是炙手可热的企业界大咖，当他上台演讲时，记者们蜂拥而上，闪光灯"咔咔"直响，钟家豪脸上似电闪雷鸣，老练的首富并不急于开讲，他不慌不忙地左右扫视一番才开始说话。"女士们，先生们，大家上午好！今天我演讲的主题是新能源汽车的发展方向。"会场立刻爆发长时间的掌声，孔华栋也跟着使劲鼓掌。记者逐渐散去，钟家豪的形象得以呈现出来，孔华栋不失时机地用手机拍照，最终选取一张保存下来。钟家豪演讲结束，全场再次掌声响起，还有人站起来向他致敬。

孔华栋把钟家豪的名片放在面前，把刚才拍的照片发送过去，顺带写了几句话："钟总好！您的演讲非常精彩，欢迎方便时到梧桐观光考察！孔华栋。"钟家豪的手机随即震动起来，他拿起来看看，却没有做出任何回应。孔华栋转头看到这一幕并不感到难过，此时，他很能理解首富对陌生电话的处理方式。他想，我总有一天会让你回信息的。

上午会议结束前，钟家豪等三位企业家被邀请登上舞台。蓝裙子主持人款款走到舞台中央，充满深情地说："各位企业家，我们荣幸地邀请到钟家豪等三位知名企业家，他们愿意回答在座的提问。二十分钟时间有限，请大家注意节约时间。下面，欢迎大家提问。"

话音刚落，孔华栋立即将右手举过头顶，为了引起注意，他还左右挥舞着。可能是第一排特殊的地理优势，也可能是反应迅疾的缘故，孔华栋获得第一个提问的机会。当主持人宣布这一决定时，立即有工作人员送来无线话筒，聚光灯"唰"地从孔华栋头顶上洒下来，各种闪光灯也在周围闪个不停，顿时，孔华栋成为整个会场焦点。

孔华栋是经过大场面的，此时也感觉有些慌慌的，但他很快使自己镇静下来，他不停地提醒自己"淡定，淡定"。孔华栋稍微清了清嗓子，充满激情地说："尊敬的企业家朋友们，大家下午好！在我提问之前，请允许我进行简要的自我介绍。"临场应变能力是他的长项。"我叫孔华栋，来自淮海省梧桐市，梧桐市是霸王的故乡，是酿制洋河双沟两大名酒的酒都,是……"

孔华栋正说着,突然被蓝裙子主持人打断,"不好意思,我们今天会议主题是创业创新,请这位嘉宾不要走题呀!好,请您继续。"

孔华栋未及展开即被打岔,很有些恼,但他强迫自己保持克制。孔华栋顺势说:"主持人说得好,我们梧桐正是一座充满活力的创业创新城市。梧桐交通区位优越,京杭大运河穿城而过,高速公路四通八达,一小时车程内有三个机场。梧桐资源极为丰富,盛产优质石英砂,是水产之乡和花木之乡。梧桐开发区水电路配套到位,投资政策优惠。俗话说,载得梧桐树,引得凤凰来,热情欢迎广大企业家到梧桐考察投资!"会场立刻响起热烈的掌声。

终于轮到蓝裙子讲话的机会,没想到孔华栋又抢先说道:"关于梧桐,我还想说三句话,大家说好不好?"众人起哄般大喊:"好!"孔华栋慷慨激昂地说道:"要健康到梧桐,这里是全国卫生城市,山川秀美,空气清新,可以深呼吸;要快乐到梧桐,这里是全国园林城市,名酒之都,'梦之蓝'即产自这里,乾隆皇帝曾五次驻跸于此;要创业到梧桐,这里是全国文明城市,有求必应,无事不扰,是客商创业发展的理想之地!"潮水般的掌声再次响彻全场。

主持人被严重边缘化,蓝裙子脸都气紫了,她没好气地问:"请问您是干什么的?"孔华栋回答:"我是干招商的。"会场立刻哄笑起来,随即,各种嘈杂议论声淹没了主持人的声音。蓝裙子只得扯着嗓子喊:"我们今天,是企业家年会,是企业家内部交流的会议,不是什么招商会议,绝不允许无关的人搅局,请工作人员检查一下这位嘉宾的证件。"

一名保安立即跑步上前查看证件。孔华栋哪有什么证件,他一甩手竟碰到保安的下巴,保安恼羞成怒使出"夹颈别肘"擒拿术,又有保安上前帮忙，孔华栋迅速被两名保安架着离开会场。一位记者将这一幕抓拍下来，如获至宝。

"误会，误会了，这是我的朋友。"这时会场走出一个人，他边喊边走过来。大家一看是上届首富朱东旺。朱东旺伸手将孔华栋领回来。主持人和保安都不再说什么，孔华栋疑惑着回到座位，好久没有缓过神来，一切来得太突然，一切去得又太神速，他需要静下来认真捋一捋。

接下来的会议几乎与孔华栋无关，他只看到主持人嘴巴一张一合，至于讲什么内容，他连一句也没有听进去。直到主持人宣布上午活动结束，会场的掌声才把孔华栋的思绪拉回到现实世界，他错过了对首富钟家豪的提问机会。

朱东旺一直不动声色地观察孔华栋，说实话，他被孔华栋的胆识和随机应变能力震倒了，仿佛看到当年激情创业的自己。特别是听了梧桐投资环境介绍后，眼前更是为之一亮，认为孔华栋或许能成为惠顿公司的破局之人。目前的惠顿品牌纠纷危机四伏，必须尽快建设一个新的生产基地，彻底摆脱兴佳公司的控制。早在上半年，惠顿公司已经明确规划在华东地区选址建厂的计划，主要考虑的是在临市，因为那里不仅有石英砂原料，而且交通区位十分优越。

通过今天孔华栋的现场推介，朱东旺看到梧桐干部干事业的激情与情怀，意识到梧桐也是惠顿投资的可选之地。一来梧桐与临市毗邻，同样有着丰富的石英砂原料；二来两地可以同时考察比选，并不增加多少成本，使前期论证更加科学。此前，太过重视临市，竟忽略同为地级市的梧桐，朱东旺内心生出些许自责。

其实，朱东旺与梧桐还有一个特别的渊源，这是他从父亲那里听来的。他的爷爷跟随彭雪峰将军曾转战在洪泽湖畔三年多，在一次抗击日寇反扫荡中负伤，正是在梧桐一位老乡家养的伤。他曾经试图到梧桐寻找当年爷爷的救命恩人，但苦于年代久远又无具体线索而作罢。

孔华栋首先想到要感谢朱东旺董事长"救场"之恩，毕竟他们先前素昧平生。刚散会，孔华栋径直走到朱东旺面前，有些羞涩地说："朱总，我是专程来向您感谢的，要不是您出手解围，我就丢大人了。"朱东旺正在和钟家豪低声交流，听到有人叫他，抬头见是孔华栋，便亲和地说："你对家乡的宣传给我留下深刻印象，无中生有，搞了一个微型招商推介，很了不起，希望有机会去梧桐现场看看。"孔华栋高兴地说："好啊，好啊！我们在梧桐恭候您！"

朱东旺貌似无意地说："我们下周三在广交会有一个十亿元投资项目发布会，如果感兴趣，可以去看看。"孔华栋大喜过望，连忙表态说"一定去！"孔华栋问了推介会具体时间，朱东旺答了，孔华栋又重复一遍："好的，周三上午十点半。"

临末，孔华栋还想与旁边的首富打个招呼，只是眼光望着却失了勇气，正踌躇间，钟家豪已主动向他伸过手来，"我记住你了，梧桐的孔华栋。"

五

朱东旺当天晚上乘机回到厦门，登机前，他指示连夜紧急召开董事会，专题商讨企业面临品牌可能丢失的困局与对策。由于厦门当晚突降暴雨，飞机在空中盘旋造成延迟降落。离开机场，朱东旺要求驾驶员直奔公司总部。

朱东旺匆匆来到会场，大家早已等候多时。看着朱东旺穿着厚厚的深色外套,大家都笑了。朱东旺看大家都穿着单衣,这才意识到自己的服装实在不合时宜,毕竟北京和厦门的温差实在太大,他赶紧脱去外套,向大家歉意地笑笑说:"不好意思,刚下飞机就来了,北京比这儿冷多了,还赶上了沙尘暴。"骆艾龙不失时机地回应道:"董事长辛苦了。"

朱东旺说:"时间不早了,老骆,你先把情况向大家通报吧。"常务副总裁骆艾龙便详细介绍品牌纠纷的来龙去脉和目前的最新动态,参会的高管们听了,个个都惊出一身冷汗。

原来,惠顿公司为了扩大生产规模,尽快抢占国内外玻璃市场,在2000年经人牵线与新加坡兴佳公司合作。当时,惠顿与兴佳分别占股49%,其余2%属于香港万福公司,由于朱东旺是合资公司的董事长兼总经理,律师告诉他,如果万福公司出售股份,惠顿有优先购股权,这样看来,惠顿公司是完全可以控制局面的。万万没想到的是,兴佳与万福悄悄地在新加坡成立一家合资企业b&d公司,兴佳对b&d公司是绝对控股的,两家公司与惠顿合作的资金全部来自b&d公司,当兴佳并购万福在b&d公司股权成为唯一股东时,兴佳便自然成为惠顿合资公司的51%控股大股东,惠顿公司是蒙在鼓里被人控股的。按照协议中"惠顿品牌属于控股企业所有"的条款,"惠顿"商标存在被兴佳公司并购的巨大危险。目前,兴佳公司已经在新加坡当地法院起诉惠顿,要求法院将"惠顿"商标判给兴佳公司,形势已经万分紧迫。

朱东旺站起来,在有限的空间里来回踱步,又突然站住回望大家,严肃地说:"兴佳公司是要将我们逼向死路啊,这是我们与国际资本打交道付出的惨重学费,不过,我们也从中学习很多东西,比如,只有控股51%以上才称得上绝对控股,这是我们以前不懂的知识。"说到这里,朱东旺坐下来,喝了一口水继续说:"现在,我们要做好两手准备。一方面，请骆总继续牵头和兴佳打官司，这次在新加坡的官司很可能败诉，我们要继续起诉，直到斯德哥摩最后的仲裁。"骆艾龙常务副总裁提出目前律师团队需要加强，想聘请全球顶级律师事务所应诉，朱东旺当场拍板同意。

朱东旺继续说："另一方面，请汪总迅速牵头成立投资考察组，尽快组织考察前期对接的临市，同时，提请关注梧桐市的相关情况。兴佳公司在抢夺惠顿品牌后，必然要在大陆投资建厂，以此抢夺我们原来的市场。所以我们要做好最坏打算，抢在兴佳之前确定新工厂的选址，生产我们的第二品牌产品，防止败诉后出现产品真空期。"朱东旺说话时，眼睛望着副总裁汪弘，汪弘点头算是领受任务。最后，朱东旺还叮嘱汪弘，在下周三广交会项目发布会上，注意接待一位来自梧桐市的孔华栋。

正所谓：有心栽花花不开，无心插柳柳成荫。北京之行，孔华栋结识首富钟家豪的计划未能如愿，却交上惠顿董事长朱东旺，或许，这就是缘分吧。孔华栋暗暗在心里盘算着，下周三到广州参加惠顿公司的项目发布会，他隐隐感到，招商的大门正向他徐徐打开。

（本文创作于 2021 年 4 月）

第三辑

那些情，那些爱……

- 偶遇曹谷溪
- 姐姐的生日
- 朱瑞的文学情怀
- 一切从《创业史》开始
- 难忘敲门声
- 柳琴人生

偶遇曹谷溪

随着《阅读秦岭》《亦师亦友陈法玉》《假如项羽过江东》等文章陆续公开发表后,出版一本散文集的念想,在我心中油然而生。中国商务出版社很快通过了选题立项,书名也很快蹦了出来,那便是《阅读秦岭》。一切都在顺利推进中。请谁作序呢?我第一个想到的便是曹谷溪老师。曹谷溪作为陕西人,他对秦岭、关中平原和黄土高原有着独特的理解。同时,曹老师对热爱文学的人有着博爱情怀。但转念一想,曹谷溪老师已八十高龄,且应酬事务繁忙,打扰他老人家合适吗?

在踌躇犹豫中,我还是将意愿通过微信发送过去,忐忑地等待中,竟然等来了曹谷溪老师的视频通话。曹老欣然答应为散文集《阅读秦岭》作序,笑容在双方脸上绽放,文学在苏陕两地碰撞交流着。

我与曹谷溪交往开始于几年前的一次偶遇。四月的陕北,稍有寒意却已春意渐浓,车辆驰行在一望无际的黄土高原上,时不时可以看到远处山坡上的山桃花和杏花,连成片的灿若朝霞,独自绽放的似点点繁星,空气中散发出无限的生机来。一路观景一路沉思,头脑不时闪现刘巧珍、高加林、孙少平等文学人物形象,出了高速路延川出口,很快便到达路遥的故居。

正走着，忽见一位银发老者也在参观的队伍里。此人戴着宽边眼镜，相貌气质不凡，我猜想一定与路遥有特殊关系的人物了。正想与老者打招呼，不想对方却先开了口："你手中的书里有我的文章呢。"我手里捧着《习近平的七年知青岁月》，是准备在路遥故居盖纪念戳用的。老者接过书，直接翻到第312页，是中央党校采访组文章，题目是"陕北七年是习近平一生最宝贵的财富"，采访对象正是眼前这位老者。文章语言质朴，图文并茂。原来，眼前站着的是文化名人曹谷溪，正是他当年将北京知青习近平带领村民大办沼气的事迹登上《延安通讯》头版头条，标题便是《取火记》。

"您，一定见过路遥吧？"我试探着打问，对方听了我的问话，微微怔了一下，仰天大笑。旁边人员连忙解释说："曹谷溪老师是路遥的挚友，路遥大年初一还到曹老师家吃饺子呢。"果然，在后来参观中，除了看到路遥创作的手稿，还看到路遥给曹谷溪的信函原件，他们之间称兄道弟，不分彼此。

在路遥的《人生》《平凡的世界》作品里，我时常能读到自己的影子，之所以五十岁决定向文学转型，我正是受到路遥作品的影响。为文学寻根，我曾专门到延安的文汇山拜谒路遥墓，面对"像牛一样劳动，像土地一样奉献"墙壁沉思良久。当听说路遥为创作《平凡世界》曾将《创业史》研读七遍，我又一路风尘寻到长安皇甫村，听柳青墓的守园人老罗讲述柳青与《创业史》的故事。

此时此刻，竟能不经意间面见路遥的挚友，我激动得握着曹谷溪的手一个劲地摇。曹谷溪对我这位来自江苏的异乡客十分热情，一同参观路遥故居后又坐下来，慢慢讲述他与路遥的点点滴滴。

1969年冬天，路遥因为参加"武斗"被免去副县长职务，祸不单行，北京知青的恋人也宣布与他断绝关系。面对人生双重打击，路遥在曹谷溪面前号啕大哭。曹谷溪开导说，一个男人不可能不受伤，受伤之后不是哭泣，而是用舌头舔干伤口上的血迹，继续前进！显然，路遥在曹谷溪话语中受到了慰藉。

路遥与曹谷溪友谊的纽带是文学，正如路遥自己说的那样："我和谷溪最初相识在'文革'……在那时之前，谷溪已经是省内有名气的青年诗人，早在1965年就出席过全国青年业余文学创作积极分子代表大会。共同的爱好使我们抛弃了派别的偏见，一起热心投入到一个清风习习的新天地里，忘却了那场多年做不完的噩梦……"

曹谷溪对路遥的文学作品如数家珍，清晰记得路遥文学创作初期的作品《我老汉走着就想跑》："明明感冒发高烧，干活还往人前跑。书记劝，队长说，谁说他就和谁吵：学大寨就要拼命干，我老汉走着就想跑！"

1985年，青海人民出版社出版《路遥小说选》。为了完成编辑部包销3000册任务，路遥请好友曹谷溪帮忙在延安落实订户，曹谷溪二话没说就答应此事。事实上，曹谷溪当时自己悄悄掏腰包"包销了"3000册书。路遥后来知道真相后十分感动，感慨地说："曹谷溪是个好人，他对朋友弟兄再不能更好了！"

当提到路遥获得党中央、国务院表彰为改革先锋时，曹谷溪动情地说，路遥是我文学朋友中交情最深的一位，他获此殊荣，我由衷地高兴。路遥是一位与人民大众心贴心的乡土作家，他始终关注劳动者的生活、命运、梦想和追求。少年时期艰苦的环境与经历，铸造他孤傲内向性格和坚韧不拔的奋发精神。正如路遥自己说的那样："人民生活的大树万古长青，我们栖息它的枝头就会情不自禁地为此而歌唱。"

我与曹谷溪在路遥铜像前合影后，曹老师将他主编的《路遥研究》第八期赠送给我，在书的扉页上写下温馨的赠言，称呼我为"文友孟献国"，落款是"延安谷溪"。自此以后，我们通过微信互动交流着，话题自然离不开文学，大多是我在求知问道，曹谷溪在授业解惑。后来，我有幸到谷溪书馆拜访，首先映入眼帘的是著名诗人贺敬之题写的"谷溪书馆"。走进馆内，各种图书琳琅满目。书架上一排长卷引起我的注意，原来是曹谷溪主编的《绥德文库》《志丹书库》《延川文典》《宝塔文典》和《西北作家文丛》共78卷104册。我丈量一下，足足有四米长。我感叹于曹谷溪的耐心与能量，这浩繁工程背后需要付出多大的时间与精力啊。

曹谷溪，1941年2月出生于陕西省清涧县，原名曹国玺，但他不喜欢这个"劳什子"，按陕北方言改为曹谷溪，从此"谷溪"便成了他的笔名。少儿时期的曹谷溪是个地道的调皮蛋儿，下河逮蝌蚪，上树戳鸟窝。他上学后仍是与众不同，有一股特别的创新劲儿，曾在小学二年级时在村上办识字班，被区政府表彰为"扫盲小模范"，还被奖励了笔记本。初中时期，曹谷溪在学校竖起了一尊两米高的高尔基雕像，可见，文学的种子在他内心生长是非常早的。1972年，曹谷溪创办《山花》，后来产生了《山花》作家群现象，路遥的第一部小说《优胜红旗》就是在《山花》上发表的。

2021年国庆节，曹谷溪老师没有休假，而是忙于给本人散文集《阅读秦岭》作序。读着曹谷溪撰写的序言，如丝丝文学春雨润入心田，是园丁对我的鼓励与鞭策，使我受到陕北文学之风的又一次熏陶。

我整一整衣领，信步走在高爽的秋风中，眼前展现的是一幅壮美的黄土高原景象，在沟壑纵横的崇山峻岭中流淌着一谷溪水，耳旁飘荡着粗犷的信天游。我想，那山谷中淙淙溪水，正如一条文学的溪流，从黄土高原流向母亲河，然后一路欢唱奔流入海。

（原载于 2021 年 10 月 30 日《宿迁晚报》）

姐姐的生日

穿过弯弯曲曲的乡间公路,便是米河的地界。听着歌曲《星辰大海》,树木与稻田从旁边不时掠过。

我此行目的地是米河镇小里河村,专程给我姐姐家送包子。明天是我姐的生日,阳历7月23日,农历六月十四日。听说我姐要去南京支援抗疫,我妈连夜做了两笼包子,都是我姐最喜爱的芹菜肉馅儿。

姐夫在县水利局工作,这几天没日没夜地在洛河大堤上巡查,家里只有姐和韵儿以及姐姐的婆婆。姐姐正在收拾行李,就直接把包子放进行李箱,说是在路上和同事一起吃。姐姐说出发时间提前了,接她的车子马上就到,还说让我晚上住在她家里,婆婆年岁大了,让我帮衬着照看一下韵儿。我心想,正好在这里看奥运会开幕式,还没有人打扰呢。

这时,外面的雨越下越大。姐姐的婆婆打伞要外出接孙女,我腾地站起来说:"我开车去接吧,幼儿园我是知道的,刚才还从那里路过呢。"姐姐说:"妈,就让大齐去接吧,雨实在是太大了。"正说着,门口传来汽车喇叭声,我听到有人喊我姐:"陈亦荷。"姐姐一边答应着,一边拉着行李箱冲到雨里去了。

韵儿在红星幼儿园读大班。记得春节期间,我考韵儿:"一棵树上十只鸟,打死一只还剩几只?"没想到小家伙不依不饶,反追着我问:"谁打的？老师说要保护动物。"在场的人都大笑起来，弄得我好不尴尬。

不一会儿，我看到韵儿在那里缩头缩脑地东张西望，我大喊一声，韵儿一边喊舅舅一边向我跑来。雨越下越大，雨刮器急速摆动着，还是看不清前方的道路。我打开大灯与双跳，车速降到20码左右，心里突然生出一种莫名的恐慌。对面过来的车辆溅起老高的水花，引得韵儿在后座上兴奋地大呼小叫。

我从没见过这样的大雨，好似天上有个豁口，雨水从天上灌下来一般，分不清天上与地下，到处是迷茫茫的一片，只听到雨水撞击车顶和雨刮器快节奏摆动的声音，车辆在积水中渐渐有些发飘。

到了隧道口，前面一辆白色的SUV一个加速冲了过去，溅出的水花足有两米多高。

我见水位太高，稍微犹豫了一下，还是跟着SUV往前冲。当车行到隧道底部时，前车激起的水浪猛地向我车身打来，车子熄火了。我急忙打火，打不着。我顾不上许多，再打火，还是打不着。如是几次，都无功而返。更要命的是，面前表盘的灯光也彻底熄灭了，我知道情况不妙，试图打开车门，却怎么也打不开。我忽然想到以往汽车被水淹的惨剧，心口猛地紧了一下，韵儿在后座上号啕大哭起来。

我假装淡定地说："宝贝不哭，我们正在玩一个打水怪的游戏呢，马上有孙悟空来救我们的。"听说是游戏，韵儿果然止住哭，一边抹泪一边问："比得兔会来救我们吗？""比得兔？"我一下意识到这一定是儿童动画片的角色，连忙说："对，比得兔会来的，黑猫警长也会来的。"韵儿破涕为笑，指着窗外漂浮的饮料瓶子说："水怪，你不要跑！"

稳住韵儿的情绪后，我赶紧拨通了姐姐的电话，听说我们被困在洪水中，姐姐的声音走了调，忙问："你们在哪个隧道？看看周边有什么标志没？"我向两旁望了望，除了墙壁还是墙壁，一抬头，我从左前方的树缝里看到"烩面"两个字，"我左前方是什么烩面馆，其他什么都看不到了。"

我说着，一个念头忽然闪了出来，我猛地拍了一下脑袋说："姐，我发个定位给你。"姐姐说："好呀，你快发，我转朋友圈，一定会有人救你们的。大齐，你一定要挺住啊！"

我将定位发出后，一个大浪打过来，车身动了一下，我的手机"啪"地掉落在座位下面，这时，我才意识到车内进水了。捞出来时，只是黑黑的一块，任凭我左拍右打，手机再无任何反应。我的心里当时拔凉拔凉的，除了等待，我们也只有等待了。

车内水位迅速上涨，我解了保险带，将韵儿从后座抱到副驾驶座位上。韵儿忽又带着哭腔埋怨说："舅舅骗我，比得兔没来，黑猫警长也不来，没有人来帮我们打水怪。"我无奈地向周围看了看，忽然看见前方一个黑衣人向我们游来，我说："快看，黑猫警长来了。"韵儿见到有人来，拍着小手连连说："黑猫警长来喽！黑猫警长来喽！"黑衣人拿小木棒朝挡风玻璃敲了几下，见没什么效果，又爬到车顶上敲起来。黑衣人一边敲一边向周围大喊"救人"。

"比得兔来了！"韵儿突然叫起来，我顺着韵儿手指的方向，见到一个红发少年从后面向我们游来。不一会儿，车子周围已经集聚了五六个人，但他们好像都没有什么可用的家什。

水位已经涨到我的胸部，韵儿喊冷，又哭闹起来。这时，一个大胡子手持斧头向我们走来，可能被水下的栏杆绊着了，大胡子一个趔趄翻过来。有了大胡子的斧头，问题很快被搞定，"嘭嘭"两下，车子的左右后窗各开了一个孔。玻璃碎了，车里车外的水位一下子被拉平。

车门被打开了，我先把韵儿递出去，众人把她放在一个大木桶里，四个人护送着，我紧紧跟在后面，手里还攥着那部湿透的手机。

后来，我知道了事情的全部经过。我们在车内"打水怪"的时间里，车外正发生一场惊心动魄的接力大营救。

我姐姐接到我的定位后，迅速锁定我们被困的位置，她通过114连上中原烩面馆老板的电话，老板正在外地出差，就打电话给他的徒弟小李。当时，小李当时正在擀面皮，听说有人被困在水中，提着小擀面杖就来了，这就是第一个出现的黑衣人。

随后，我姐姐又将定位及求救信号发送朋友圈，那个红发少年等一帮人，都是在附近朋友圈的人。黑胡子持斧人，名叫赵大锤，是附近一个汽车的修理工，他是听到呼救声赶来的，赵大锤的斧头犹如破敌神器，神器一到，一切鬼怪便四散而逃。

我们刚到中原烩面馆坐下，我姐他们一行人也到了。韵儿一头扑向妈妈。姐姐喜极而泣，搂着宝贝女儿，久久不愿松开，在场的人也感动得不住地低头抹泪。

院长说，我姐不要去南京了，留下来照顾韵儿吧。我姐执意要去，他问韵儿："宝贝，妈妈要到外面打怪兽。你在家里听话吗？"韵儿天真地说："妈妈去打怪兽，我在家里不怕，有比得兔和黑猫警长和我一起打水怪的。"

姐姐给韵儿一个长长的吻，姐姐站起身向我挥一挥手，我轻声说道：生日快乐！姐姐脸上绽出笑容，向我点一点头，毅然挎起背包走了。我望着一群白衣战士的背影，心中发出无限感慨。心想，我暑假的调研课题有了，那便是：杜甫故乡的见闻录。

（本文创作于2021年8月）

朱瑞的文学情怀

朱瑞是人民炮兵的奠基人，这已为世人所知。然而，朱瑞与文学还颇为有缘，却鲜为人知。

朱瑞在延安曾回忆自己念高小的时光。年幼的朱瑞遍读许多小说、童话和故事，其中最喜爱的是《岳飞传》《水浒传》和《七侠五义》。彼时的朱瑞有一种英雄情结，颇慕祖逖的侠士之风。但因身体不好，朱瑞又转到文学方面来，很想当一个文学家。

1923年，在南京钟英中学读书期间，朱瑞在学校《课余杂志》上发表名为《月夜》的小说。后来，该文被收入《南京中学校刊年刊》第三期，而且将《月夜》列于小说之首，可见当时文章的分量。

"中秋夜晚，团炯炯的月儿白粉蓝天际老早步上东楼了。在这万家欢欣鼓舞声中，一个学校的花园，却静脉脉地睡着。"

小说的开头，朱瑞即描绘一个中秋月夜校园一角的情景，把读者一下带到那个静谧的环境中，可见朱瑞文笔的功力。

小说最后的描写也很有意境："这时，露冷风轻，夜凉人静。那月儿却格外的光明，方向已转朝西面去了。一些竹影树荫，都挺挺地睡去。独有那碧绿小草的秋虫，却兀自个住地呜咽呜着，好似诉说那秋老将去的仇恨似的。"

《月夜》通过男女主人公仲杰和静贞的对话，反映一对青年不满现实的斗争精神。朱瑞后来回忆说，那是说民国只有招牌没有内容，表明要继续革命。

《月夜》刊出距鲁迅《狂人日记》发表仅过六年，一位18岁的学生当时能写出这样的白发文，着实难能可贵。

朱瑞的文学才华还反映在他的讲话与文稿中。在1936年首期《战士报》上，朱瑞发表题为"艰苦的一年，伟大的一年"的新年献辞，其中在描写工农红军1934年10月开始长征时，朱瑞这样写道："趁着初冬的斜阳，踏着一片落叶与微风，开始离开江西苏区，向着艰苦与伟大的任务——向着新的苏维埃中国胜利道路上迈进着。"字里行间，既有必胜的革命信念，也透出革命浪漫主义情怀。

在1941年给山东八路军直属队的工作报告中，朱瑞以文学的语言，幽默诙谐地讲道："希特勒，两撇小胡子，举着小拳头，威胁着苏联，要苏联这历史的车轮不要前进，正像唐·吉诃德在他疲跛的马上，拿着古代的长矛，要同屹立急旋的风车决斗一样，必然要得到骨折身危的失败。"

1946年9月9日，朱瑞在给潘彩琴信中赋诗一首，表达思妻之情：月到中秋倍增妍，一般景色两地看；知否能通千里梦，但见月圆人不圆。

朱瑞将军是江苏省宿迁市龙河镇龙河乡朱大兴庄人，1905年9月13日出生于书香门第。从苏联学习归国后，从上海转战中央苏区，长征结束后，创建"华干"。后来，朱瑞主政我党山东抗战工作达四年之久。

1948年10月1日，朱瑞将军牺牲在辽沈战役前线，365天后，1949年10月1日，五星红旗在天安门上空冉冉升起，二十八声礼炮开启中华人民共和国成立的序幕。这礼炮声中，我们仿佛听到炮兵元帅朱瑞将军的声音:"终身为炮兵服务,始于斯,老于斯,终于斯。"

朱瑞将军一生勤奋好学,曾一度有着强烈的文学情节。朱瑞出生在中华民族危难之时,他毅然投笔从戎,终身为炮。如果朱瑞出生在太平盛世,或许他会用如椽巨笔写出经典文学巨著,那么,宿迁历史上就会走出一位伟大的文学家。

(原载于2021年8月8日《宿迁日报》)

一切从《创业史》开始

"春雨唰唰地下着。透过外面淌着雨水的玻璃车窗,看见秦岭西部太白山的远峰、松坡,渭河上游的平原、竹林、乡村和市镇,百里烟波都笼罩在白茫茫的春雨中……"正在朗读课文的是我们班语文课代表,她个子高挑,声音甜美,把《梁生宝买稻种》中的景致表达得亦幻亦美。从此,我喜欢上秦岭山脉与渭河平原,也喜欢上那位读书的同学。

我们第一次见面的话题是梁生宝如何买稻种,由此,我们知道了小说家柳青和他的《创业史》。我们都参加学校青春文学社,谈文学,谈人生,谈理想,谈未来。中学毕业时,我收到她珍贵的礼物是一本崭新的《创业史》。因为对她的喜爱,整整一个暑假,我都在"啃"这部长篇小说。很快,疲倦代替了激情,除了课文选用那部分以及那句著名的经典名句,我啥也没有记住,但文学的种子不知不觉潜入我的心田。

工作后,十年财政,二十年招商,原来的语文课代表成为我的妻子,油盐酱醋茶常常占据我们谈论的主题。但除了眼前的苟且,内心一直憧憬着诗与远方,我在繁忙的工作与生活之余,仍然坚持阅读与写作,间或还会有"豆腐块"在刊物发表。2015年,妻子提议将我多年发表的散文结集出版。2017年,我的长篇报告文学《传"琦"娃哈哈》由中国商务出版社出版。

文学创作单调辛苦，多年努力却未能创作出有影响的作品，我想到了放弃，妻子鼓励说，放弃比失败更丢人，想想《创业史》中的梁生宝，你还能比他更苦吗？每当此时，梁生宝买稻种的画面就会呈现在眼前。"他头上顶着一条麻袋，背上披着一条麻袋，抱着用麻袋裹着的行李卷儿，向白茫茫的太白山下出发了。"是啊，我们今天的条件比解放初期不知好上多少倍。这样想来，困难就不成为困难，梁生宝艰苦创业的乐观劲儿鼓舞我又拾起笔来，继续坚守我的文学初心。

2019年，我们不知是第几次搬家，三十年前那部《创业史》，竟被孩子不知从哪里淘了出来。见到这部落满尘土的定情之物，我有一种莫名的喜悦，感慨之余，我又一次重读《创业史》。或许是人到中年，或许是经历太多的世事，我竟读出了与以往不一样的味道。我突然悟到柳青与路遥的文学传承，柳青未能完成《创业史》便抱憾离世，路遥《平凡的世界》不正是对《创业史》的一种续写吗？柳青的《创业史》写的是我国解放初期农业合作化的故事，是把分散的农民土地"合"起来；《平凡的世界》写的是我国改革开放农村土地联产承包责任制的事，是把集体土地通过承包"分"下去。这一"合"一"分"，反映了不同时期陕西农村的生产生活状态，甚至可以将孙少平理解为梁生宝的晚辈，他们分别代表不同历史时期陕西乃至全中国农民艰苦创业的形象。

文学的种子，再一次在我内心疯长。于是乎，我做出人生又一个重要决定：正式向文学转型！妻子问：行么？我回道：一切过往，皆为文学序章也。

当年秋天，我利用公休假风尘仆仆赶到当年的长安县皇甫村，试图找到柳青创作时的一些枝枝叶叶。面对柳青墓，我虔诚地拜上三拜，守园人老罗握着我的手说：你一定是个文学人啊。原来，老罗在这里守园二十多年，曾经接待过路遥、陈忠实和贾平凹等文学大咖，握着老罗的手，我摇了又摇，似乎感知到某种文学传承的力量。

在一路西行的火车上，我终于透过车窗阅读了秦岭。拜谒柳青墓后，我又马不停蹄赴眉县火车站，在这里静听渭河的流水声，感受当年梁生宝买稻种在郭县车站过夜的情境。

多年的孜孜努力，在经历一番不为人知的酸甜苦辣后，我在文学领域终于做出一点成绩，我成为中国报告文学学会会员、苏豫陕三省作协会员，正在创作反映地域文化的散文集《阅读秦岭》也即将杀青。如今，那部陈旧的《创业史》被妻子整理包装后，整齐地放在我家书房显要位置，它包含着文学与爱情，以及艰苦奋斗的创业精神。

（本文创作于2021年9月）

难忘敲门声

一晃退休了。我是从办公室主任位置上退休的，望着桌上退休光荣证，几十年前关于敲门的一幕又浮现在眼前。

上班报道的第一天，办公室孙主任亲自与我谈话。安排工作后，孙主任特别交代，高局长是部队转业干部，为人很豪爽，但脾气有点暴，让我在服务领导方面用点心。

我的工作任务不重，主要是收发文件和接听电话，顺带负责办公室的保洁工作。我并非跟班秘书，所以与高局长接触并不多，一个月下来，基本相安无事。

一个周一的午后，电话铃声骤响，来电显示是政府办的电话。"请你们高局长接电话。"声音不怒自威，我不敢怠慢，放下电话便向高局长办公室跑去。

高局长办公室门关着，我一把拧开把手冲到办公桌前，上气不接下气地说："电……电话，高局长。"高局长正在埋头写什么，显然受到惊吓，他一拍桌子吼到："出去！"

我有些懵，待在原地不动。高局长又说："不知道敲门吗？最基本的礼仪，出去重新进来。"我一下明白了，赶紧走出去把门关上。

"嘭嘭嘭"，我敲了三下，室内并没有回应，我又敲了三下，室内终于传出:"请进!"我这才开门进去汇报工作。

为此,我专门买来《办公室礼仪》学习,"进门要敲门"的意识在内心扎下了根。

大约又过了两个月,一个平平常常的早晨,我刚在办公室坐定,便来了电话,来电单位是县委办,要高局长接听电话。我在往高局长办公室途中不断提醒自己:"敲门,敲门。"

高局长的门虚掩着,我向里望时他也正望向我,四目相对的瞬间,我不由自主打一个激灵,上次被批评仍令我心有余悸。我想了想还是敲了三下门,"嘭嘭嘭",敲得我内心也"嘭嘭嘭"响起来。高局长向我望了一下,收回目光仍旧看桌上的文件。

我一时慌了神,不知是进还是退,想了想,毕竟没有给出"请进"的信号,于是,我继续敲门,刚敲到第二下,高局长腾地站起来,厉声喝道:"眼睛看不到吗?我望了你两次,还敲,敲门过瘾吗?"

这次批评着实让我无所适从,敲门被批评,不敲门也被批评,考虑良久,我决定申请调换工作岗位。

下班前,我敲开了办公室孙主任的门。孙主任弄清我的来意后朗声笑了,他亲自给我倒一杯茶,缓缓地说:"敲门与否,要随机应变。第一次领导们关着,当然要敲门;第二次,领导已经看到你了,完全没有必要再反复敲门。"缓了缓,孙主任继续说:"高局长对你的工作还是蛮认可的,多次表扬你的工作态度。你不要有什么顾虑,好好干吧!"

走出孙主任办公室,我心情轻松了一些。下午,我正在将本周文件归档时,忽然传来"嘭嘭嘭"敲门声,我一边忙手里的事,一边不耐烦地扯着嗓子喊:"请进。"

门开了,高局长微笑着走了进来,手里端着一个大茶杯。

(本文创作于 2020 年 10 月)

柳琴人生

一

1986年高考结束后，柳辰背起铺盖跟着剧团跑了，任凭老爸苦口婆心劝其复读，他硬是铁了心去学柳琴戏，直把老爸气得说没这儿啦，再也不管他了。这是我后来听桂芬说的，我满心以为柳辰会和我一起复读，他毕竟与高考线仅一分之差，这么大的决定竟没和我商量一下，为这，我一年没有理会他。

柳辰不姓柳，本名韦辰，是他到剧团后自己改的名。我们仨是因为演《智斗》走到一块的，汪桂芬演阿庆嫂，柳辰演刁德一，我演胡传魁。排演经常要熬到深夜，护送阿庆嫂的任务都被柳辰包揽了，为此在班上还传出一些绯闻。他们之间的确有些情愫，这一点我看得出来。

复读的日子过得真快，一年后，我成了桂芬的师弟。拿到录取通知书，我骑上车子找到县柳琴剧团，团里人说柳辰下乡演出了，我又跟着撵了去。

我是在皂河剧场后台见到柳辰的，迎接我的是当胸一拳，"你小子为何不早来看我啊？"我说："你也没来看我呀。"我把淮阴师专通知书亮了亮，他说："嘿！好你个孔方玉，真有你的！"接着又是一拳。

舞台那边有人喊："辰子，准备上！"柳辰便急忙换装去了。

柳辰的角色是一个书童，我看他挑着担子在台上跑来跑去，整场演出他只有一段唱腔，好像卡了壳，唱得结结巴巴，步法也不稳，差些被观众嘘下台去。

演出结束后，我随柳辰来到剧团住处，他指着对面空铺说，"这狗日的到镇上走亲戚了，你今晚就住这。"一番冲洗后，我们便光着膀子聊天。我问他当初为何放弃复读，他叹了一口气说："方玉，你哪里理解我的处境，后妈就是后妈，那眼神是能吃人的，落榜后我一天都不愿待在家中。"接着便是一片沉默。我又问及与桂芬的关系，他却反问我："文化局局长的女儿能嫁给一个穷光蛋吗？"

顿了顿，柳辰扔一支烟给我，他自己也老道地敲出一支点上了。透过烟雾，柳辰向我叙说这一年来的艰辛与不易。"刚开始，他们只让我看管服装器具的杂活，慢慢地上舞台跑龙套，现在终于出演角色了。今晚不知怎么的，关键时刻忘了词，想起词又找不着腔了，唉，我这个月工资恐怕又扣完喽。"

我想安慰他却不知说什么，便将复读中一些趣事说给他听。一夜神聊，我对拉魂腔这个地方戏也有些感觉了。

一路风尘，我来到向往已久的大学校园，一张粉色的纸片飘在我的床头，娟秀的字迹映入眼帘：请到十四号楼627找汪桂芬。

寒暄后，桂芬就急切地向我了解柳辰的近况。我按照柳辰授意的口径说："柳辰终于混到一个角色，他现在与剧团一个叫刘亦梅的好上了。"桂芬听后怔了一下，右手小指微微抖动，她顺手将长发理向耳后，"哦，这个戏痴还挺有女人缘的。"

寒假回家，行李未放稳，我便跳着向韦辰家走去，刚到小院门口，就听到柳琴戏飘了出来。"大路上来了我陈士铎啦,赶会赶了三天多。想起来东庄唱的那台戏哟,有几段喝得还真不错了唉嗨呀……"

我听了一会儿,见歌声未有停下来的意思,便推门吼了起来:"一吊五,三吊多,疼得我士铎直跺脚哟!"

柳琴和歌声同时停了下来,接着是一阵爽快的笑声,刘亦梅看到我笨拙的动作,腰都笑成了虾,右手不住在面前扇动,笑着说:"真不愧是柳琴村,个个能唱。"

小里河村沿河而居,不过十来户人家,从韦辰家出门便是河,一棵歪脖子皂角树探向河面,大集体时代,树上的豁口大钟指挥着全村人的上工和下工。我们沿小里河堤北行,很快进入那片熟悉的"里河林海","里河林海"的名字是我起的,其实就是一片山楂树。

我们相互叙述各自近况,这是我与韦辰之间的惯例。我把在学校见桂芬的事与他讲了,他也讲了剧团里的争斗,还说春节在县里有个会演,他和亦梅出演的"梁祝"是压轴戏,希望我和桂芬到时能去捧场。

会演如期举行,我和桂芬赶到时,整个礼堂乱成一锅粥,我俩的座位已经被别人占上了。我正要上前理论,却被桂芬制止了。这时,我后背被谁捅了一下,原来是刘亦梅,她带妆走动引发观众一阵骚动,"走!这里太挤啦,快跟我到后台去看吧!"

后台则较为安静,有的练压腿,有的练发声。柳辰正在化妆,一边向我们挥手,一边与化妆师交流着什么。

开始是表演唱,我们便从幕布的缝隙看演员的后背,场内偶尔传来几阵稀啦啦的掌声。待到主持人报幕柳琴戏"梁祝"时,场内掌声便响天动地,一些观众甚至向台前涌来,几个工作人员连忙上前制止。

拉魂腔的过门声响起,柳辰一板一式地走到幕侧,先是一句长音"走啊！"他便在舞台上大步走了起来。书童在前，梁山伯在后，赶路求学的曲段比较舒缓。我转眼看了看旁边的桂芬，她正歪着脖子专注地望着舞台，分明已完全入在戏里了。

突然有人喊："祝英台上！"只见亦梅一阵风似地从我们身旁跑过。"十八里相送"唱得婉约感人，眉目传情十分到位。我小声说："这俩货台上台下都是情侣，当然演得好啦。"桂芬向我瞟了一眼，却没有接话。

我对柳琴戏向来不太喜欢，觉得节奏太慢。无聊中，我把视线转向乐队，见拉二胡的老头瘦得像马三立，在那里摇头晃脑地拉；弹柳琴的女孩倒十分精神，她左手上下游动，右手灵巧地弹拨，马尾辫随着音乐有节奏地摆动着。再看汪桂芬时，她用手帕不住地擦拭眼泪。我转向舞台，原来演到了祝英台被逼嫁马家这一段，梁山伯眼看无法娶回小九妹，急得一病不起奄奄一息。梁山伯步伐踉跄长袖飞舞，把有情无缘的悲情演绎得很到位。他开口唱时，先是低沉哀鸣，接着又悲伤吼嚎，那音调从低处一直飚上去，结果直把高腔唱僻了，幸好这个失误被音乐盖住。

高潮是最后的"化蝶"。在祝英台哭诉时，梁山伯墓冢突然炸裂，祝英台拖着长长的衣袖纵身一跳，墓穴又在电闪雷鸣中合在一起。这时，许多观众都在低头擦眼，桂芬则趴在我肩头哭成个泪人，我将右臂用力地撑着，一直到两只彩蝶上下飞舞，我的肩膀才得以轻松下来。

慢慢地，我竟改变对柳琴戏的看法，好像也能听出其中的韵味。我承认唱戏是一件体力活，当韦辰和亦梅下场时，满头全都是汗，亦梅一拐一拐的直喊腰疼，众人都说可能是把腰闪了。我们正待上前，不料有人大喊："演员抓紧上场谢幕，领导还要与大家合影。"

演出结束后，柳辰和刘亦梅请我们一起吃饭，我喝高了，把柳辰喊成韦辰，柳辰像是没听见一样。桂芬在一旁说："柳琴之柳在于励志，韦辰之辰在于留根，柳辰可成为艺名唉。"刘亦梅"腾"地站起来向桂芬道："俺姐好有才，我只觉柳辰好听，却没想到有这么多好来。"

二

转眼大学毕业，秋日的一个下午，我正在给学生讲读鲁迅的《阿Q正传》，刘亦梅跑到学校来找我，说是柳辰因赌博被抓了，问我能不能到派出所捞人。

柳辰这几年过得并不如意，婚后育有一女，剧团解散后只好在城里打工，整日奔波于城市与乡村之间，这个忙我是必须要帮的。我立即联系镇上做民警的同学，方知赌博数额不小，且拘留证已经下达了。

赌钱是柳辰久积的恶习，还在上初中时，每当下午放学后，他常常向我和星发起挑战，"喂，赌一把吧？"我和星也从不示弱，"赌就赌！"于是三个人蹲在北河洼偏僻处，柳辰把身上手帕往地上一铺，一个赌场就此形成。我说，"老规矩，五分钱一锅，推砸散蛋。"有时柳辰身上钱输光了还缠着赌，星说概不赊欠，柳辰急了眼，把身上唯一值钱的票夹往手帕上一押，"这个能抵两毛不？"

我和刘亦梅急急赶往看守所，"哐当"一声，厚重的大铁门被打开，会见室的墙上两行醒目大字：坦白从宽，抗拒从严！柳辰身上穿着马甲，尚未坐定，亦梅已是抽抽泣泣。柳辰接过衣物包裹后，他要亦梅不要婆婆妈妈的，只是反复强调不要让芝芝知道，就说爸爸在外地出差。说完，柳辰便打发亦梅先回，要和我单独商量个事儿。

"唉，我最近心烦啊！"亦梅走后，柳辰望着窗外叙说着："上个月我弟弟下班途中被车撞了，截肢住院共花费四万多，医疗保险仅报销一部分。我去弟弟上班的公司理论，老板说下班时间事故不属工伤，竟不给任何赔偿。"我说有劳动法，可以去告他。柳辰说："我哪有精力打官司啊，不过，黑心老板太过分了，我一定为弟弟讨回公道。"

柳辰继续说："文化站正在推行戏剧下乡活动，我想排演一个柳琴戏，将这个黑心老板编进戏里。我这两天蹲在这里也是无聊，先草写个本子出来，请你帮助修改修改。"我当即满口应承下来。

柳辰在拘留所呆了十五天，我去见他多次，所长开始时向我大倒苦水，让我劝劝柳辰，说他老是半夜把人吵醒，动不动就哼什么柳琴戏，我听后无耐地摇头。最后一次去时，所长态度大变，竟然也哼上"赵子龙大战长板坡"。原来最近上面要求文化进监狱活动，柳辰唱戏功底的确可以，所里准备请柳辰排演一个反映经济诈骗的柳琴戏。

柳辰借机将"黑心老板"编成柳琴戏，我看了剧本初稿，对柳辰的文字功底很是惊奇，除了一些错别字，我仅在一些语句上润色修改了一下。很快，《黑心老板》在拘留所排演，参演的都是在押人员，柳辰出演男主角，有一段唱腔是经我加工的。"提起来赚的不义财哟，有两件内心还真有愧呀。头一件，偷排污水无人知；第二件，克扣员工心不软……"演出获得意外成功，通过狱警的宣传引导，一些经济诈骗人员还上台献身说法，对自己的犯罪心理进行剖析，对犯罪给他人造成的伤害痛悔不已。

下乡的首场演出，我受邀作为嘉宾在前排观看。柳辰上场前先在后台一声喊，未见其人先闻其声，场内瞬间安静下来。柳辰随着音乐节拍缓步登场，唱腔抑扬顿挫，与旁边的乐队配合十分默契，刚唱两句，全场便掌声四起。坐在我身旁的范主席连连称好，我问如何看出好来？主席说柳辰眼中有戏。我再看柳辰，果然目光炯炯，虽立在我面前却完全视而不见，仿佛进入黑心老板的金钱世界。

主席看着我继续说："柳琴戏是我们苏鲁豫皖一带地方戏，柳辰的唱腔体现抒情、委婉和流畅的特点。同时，他的步法、动作和眼神配合也很到位，这是很需要功力的。很好，很好的。"我说："外行看热闹，内行看门道，我只是看看热闹。"

随着《黑心老板》柳琴戏的下乡演出，其在社会上的影响力越来越大，柳辰的名气也随之攀升。据说，黑心老板后来主动找到韦辰私了，不仅弟弟按工伤标准得到应有补偿，老板还额外支付了假肢的安装费用。

三

乡村工作有些单调，我一边教书一边创作，文章和名字不断在省市文学期刊中出现，在我教书的第十个年头已分别结集出版两本散文集。在推进传统文化建设的背景中，我被征调到市文联《湖畔文学》期刊负责编审工作，桂芬则先我一步，被抽调到《运河日报》工作。

那是秋日里的一个周末，天空飘着小雨，我随市文联采风团到大鸭岛参观考察，一场秋雨一场寒，一行人都带着雨具和厚厚的外套。

这次采风的主题是民俗文化建设，我想到了酷爱柳琴的柳辰，我俩已有两年未见。他爱人刘亦梅去世时，我在老家陪了他三天。他说的最多的是亦梅对他如何的好，他表示在孩子成人之前不再续娶。我估计是受到"后母刘氏"戏剧的影响。至此，他平静地过起寡居的生活，一心一意打工为女儿挣学费。平时陪伴他的除了那条黄狗，还有那把父亲传给他的老檀木柳琴。

一个冬日的早晨，柳辰来到杂志社办公室，我见他一手拿着头盔，一手缩在黄大衣口袋里,头发蓬乱且面有倦色。知道他要与我说事,便向领导请了假,陪他到运河公园散心。走着走着,柳辰突然说:"我他妈不想活了!"吓了我一跳,忙问道:"谁又惹你啦?"他抬高了声调:"芝芝,她竟敢摔我的柳琴!"我知道事情不小,那柳琴可是他父亲传给柳辰的宝贝呀。

原来,柳辰给锅炉上水时在收听柳琴戏,仓库的纸箱不知不觉泡在水里,结果被夜巡的主管逮个正着。被公司开除后,柳辰在集市东头摆起了柳琴地摊,每天也能挣个百儿八十的。有一次,芝芝和同学逛街,意外看到爸爸又唱又跳的丑态,芝芝羞得把头埋在衣领里。回家后,芝芝大吵大闹,"丢人都丢到学校了,柳琴,柳琴,整天都是柳琴,我简直烦死了!"芝芝越说越气,顺手将摆在沙发上的柳琴摔在地上。

柳辰说:"别人的气我都能受,可她是我女儿呀,我的心整天都放在她身上,可她,可她……"说着,柳辰忍不住抽搐起来。我气愤地说,"不知感恩的东西,我回去替你教训教训这兔崽子。"柳辰却赶忙向我摆手说:"别,别!要是弄出个三长两短,我到那边怎么向她妈交代哟。"叹了叹气,柳辰说:"还是我走吧,孩子要面子,我到外面闯两年,你帮我照应一下芝芝,但不要常去学校找她,唉,这孩子个性太强了。"说完,将两千元现金放我手中,说是留给芝芝不时之需。自此,我与柳辰主要通过偶尔的电话交流,他只说一切安好,工作不累。

文学采风船划出一幅长长的波路,旁边的芦苇荡不时惊出三两只水鸟,扑棱棱飞向远处,船边哗哗波浪腾起阵阵水雾。立在船头的范主席见到如此风光,顿时诗兴大发,以《定风波·大鸭行》为题现场吟诗一首,众人纷纷称好,范主席对大家的称赞很受用,他的眼睛眯成了两条缝。

终于到岸了,我是第一次到大鸭岛,兴奋的眼神四处张望,在参观明代大王庙戏台后,便随人流去观看"渔岛剧场"。

岛上老李介绍说,剧场是自发发展起来的,只要不下雨,每天下午都会演出柳琴戏。牵头演出的柳辰很有两下子,岛民们已是无人不知,临岛的老戏迷,也常常摇船来大鸭岛,就为听老柳那几嗓子。老李又说不巧,柳辰几天前演出受伤了,只能唱不能演,我急忙问如何受的伤,重不重?老李说:"舞台老化了,演出时他一跺脚,右脚就漏下去了,还好,医生说没伤着骨头,只是软组织受伤。"范主席说:"好久没看柳辰的戏了,争取让他展示一下,县里正在选非物质文化传人,柳琴戏还空白呢。"

说话间,我们远远看到"渔岛剧场"四个大字,露天舞台下坐满了男女老少,一个个脖子伸得像长颈鹿。舞台中央,柳辰坐在椅子上,怀抱那把掉了漆的老檀木柳琴,正准备表演柳琴独奏。我找个角落坐下来,仔细看时,柳辰又黑又瘦,两鬓毛发已经斑白,脸的两侧被湖风吹成了对称的"川"字皱纹,两个眼窝也凹了下去,但两个眼睛还很聚神。

柳辰扫视全场后,轻轻试了试弦音,两声悦耳的音符便跳了出来,全场立即安静下来。我全身一紧,好像拨动的是我内心深处的弦。初时,柳辰动作和缓,仿佛早春时节,鸭群在水面嬉戏。接着,节奏逐渐加快,似鸭子飞翅啄鱼。最后,柳辰的手指干脆在柳琴上狂飞乱舞,音乐便慷慨激昂,仿佛整个湖面都被他弹出了波纹。正在大家沉浸其中时,柳辰突然抬手在空中一划,琴声便戛然而止。静默过后,便是潮水般掌声。

老李与柳辰耳语之后,报幕员报出了《找媒人》选段,全场又掌声四起。我担心起柳辰的脚伤,因为演柳琴戏是免不了用脚的。

柳辰上场前,突然抖掉披在身上的黄大衣,他理了理头发,顿时精神焕发,好像换一个人。这次柳辰的台风不似以往,沙哑的音质里别有一番味道，特别是唱腔最后的婉转音腔里，犹如添加了润滑油一般，转换自由顺畅，使人听来全身舒畅顺达。

当唱到男主气愤时，柳辰两只眼睛睁得圆圆的，将抬起的右脚用力跺了下去。我"呀"地叫出声来，引得周边投来诧异的眼光。我知道这是职业演员应有的敬业精神，但我也知道对伤脚的危险。随后，我看见成串的汗珠从柳辰的脸颊滚落下来。范主席评价说有柳氏风韵，我问何为柳氏风韵？主席说："柳辰的演唱已经形成自己的风格，他继承柳琴戏粗犷和爽朗的传统，又揉进了京剧的唱念做打的功力，了不得哟，很好，很好。"

这一次，纠结良久，我终究没与柳辰见面。

四

采风归来，我内心像打翻了醋坛子，实在不是滋味。一直以为与柳辰无话不谈，但他却把这不堪的生活隐瞒了。为了柳辰，或者说是为了柳琴，我应该做一些该做的事情了。

打开台灯，铺开稿纸，我心中似有万马奔腾。柳辰、渔岛、柳琴等多种形象在心中交织，乡村、传统、文化等画面不时地在头脑中闪现。冥冥中有一种音符从心底升起，时而低沉，时而激昂，有时如二泉映月般沧桑，有时又如翻身农奴之欢畅。一夜未眠，一部约五千字的长稿被我一气呵成。

很快，《柳琴进农家，渔岛换新颜》的长篇通讯在《运河日报》头版刊发，旁边还加了编者按，我知道那是桂芬的作品。浓浓的墨香，把柳辰的生活艰辛和对柳琴的不舍诠释得淋漓尽致。随后，该稿件被各大媒体广为转载,柳辰和柳琴戏一度成为互联网的热点话题,柳辰几乎成为柳琴戏的代名词,有些媒体还对柳琴戏知识进行链接宣传,一些资深戏剧人也纷纷出来为地方传统戏剧力挺发声。

后来,关于柳辰和柳琴戏的好消息不断传来。先是报道一个企业老板赞助十万元支持"渔岛剧场"柳琴戏建设,随后是重组柳琴剧团并聘请柳辰为团长的新闻。我感到很欣慰,高兴地拨打了汪桂芬的电话,提议给柳辰祝贺一下。电话刚拨出去,我又感到有些唐突,桂芬自老伴去世后,已经很少出来参加这类聚会活动,但这一次,桂芬却满口答应了。

聚会在周末举行,地点在湖中情饭店,学生时代,《智斗》排演小组曾在这里聚过餐。这次聚会的主题定为"智斗"剧组再聚首,要求家人们尽可能都来。我把这次聚会的消息电话告知了在澳洲的孩子们,便和爱人早早来到酒店等候。

第一个迎来的是当年的指导老师张大帅一家,两位老人在儿子和媳妇搀扶下颤巍巍地来了,全家大大小小来了六口人。接着,柳辰和芝芝挥着手走过来,芝芝身旁还跟着一个小伙子帮助拎包,柳辰一边和我握手一边转脸说:"高贵,这是孔叔叔、郑阿姨。"我见高贵背着鼓鼓的大包,就问是啥?高贵说:"我和芝芝刚给爸爸买的礼物。"众人齐说打开看看,原来是把崭新的檀木柳琴,在灯光照射下暗暗地发着铜光。我见柳辰用手轻轻抚摸着,胡须有些颤动。这时,门外传来汪桂芬的声音:"哎哟,我们来迟喽。"身后跟着儿子和媳妇,媳妇怀里的孩子一直哭闹不停。

天之蓝喝到第三瓶,大家的话便多起来。我提议每个家庭表演一个节目,大家一致称好。芝芝和高贵率先表演,曲目是柳琴戏《喝面叶》。当高贵张口唱出"大路上来了我陈士铎"时,全场掌声随之响起,字正腔圆，动作得体，仿佛看到柳辰年轻时的影子。艾艾扮演梅翠娥出场时，又是一波热情的掌声。我看到柳辰始终面带微笑，不住地点头鼓掌。

聚会临近结束时，张老师提议我们仨把当年的《智斗》再表演一下，柳辰想了想又加一个条件，用柳琴戏来唱《智斗》，还美其名曰是弘扬地方传统文化。我说请柳团长先表演一个，柳辰眼睛睁得圆圆的，一副惊讶的表情："哪来的团长？！"桂芬赶忙站起来说："辞了，人家自己说不是干团长的料，现在是剧团的顾问。"桂芬接着说："来吧，导演都说了，咱们唱《智斗》吧。"桂芬立在哪儿，在灯光映衬下，脊背很直，银灰色头发越发显出艺术家气质来。我赶紧指挥年轻人把桌椅调整一下，挤出一块稍大一点的地方。

柳辰望着我又指了指桂芬说，"司令，这么熟识，是什么人呀？"我一时没反应过来，"这就开始啦？"然后清清喉咙便唱开了："想当初，老子的队伍……"柳辰赶紧喊停，说是违规了，一定要唱柳琴调。我酝酿一会儿，终于用半生不熟的柳琴调将胡司令的词唱了，不着边的音调，惹得大家笑个不停。桂芬的柳琴唱腔倒是惊艳全场，可以说非常地道。柳辰毕竟是专业，把刁德一的阴险狡诈传神地表现出来，大家纷纷叫好。

大家后来又嚷着请柳辰和桂芬表演一个节目，两人被孩子们推在一起，却又不知演什么。我提议用柳琴戏唱《夫妻双双把家还》，大家又都说好。在众人掌声中，柳辰抱着新柳琴伴奏，过门声响起，桂芬清了清嗓子唱出"树上的鸟儿成双对"，柳辰立即接唱"绿水青山带笑颜"。顿时，掌声夹着敲击声噼啪响起，屋里屋外顿时充满祥和的氛围。

再次见到柳辰时，是在小里河高铁站。当年的小里河村已全部拆迁，只有那棵歪脖子皂角树和"里河林海"作为站前绿地得以保留下来。此时，柳辰已经是县柳琴戏非物质文化传人，听说还成立了什么网上柳琴剧团。我到省城出差，看还有些时间，便从"里河林海"向皂角树转悠。"唉，老孔。"一个女人的声音，我转头望时，柳辰携桂芬快步向我走来，两人都穿着同款浅黄风衣，桂芬脖子上还系着鲜红的丝巾。柳辰说："老远看着像你，还真的是你。"我问："你们去哪里？"桂芬说："你等着吧，省剧团排演柳琴戏《张郎与丁香》，柳辰被选为男主角，我陪他去看本子的。"柳辰不好意思地说："刚接通知，如果定下来，明年春天会到咱县演两场，到时再请你现场指导。"柳辰看看表又焦急地说："快发车了，不好意思，回来再聊。"说着，他俩跑着向候车大厅去了，身后把几片山楂叶带着飞了起来。

望着柳辰和桂芬远去的背影，我不禁心生感慨，假若柳辰当初选择复读，又会是怎样的人生呢？说不定他俩当初就能走到一起。想着想着，我暗自在内心又笑开了。人生本是单行线，哪来那么多假如，柳辰只所以成为柳辰，他的人生或许注定缘系柳琴戏吧。

（本文创作于 2020 年 12 月）

第四辑

那些思，那些想……

- 假如项羽过江东
- 从火热的世界杯赛场想到的
- 赴美学习感言
- 品牌之争
- 民歌哼出大品牌
- 玉祥门随想

假如项羽过江东

公元前202年10月,刘邦会合诸侯围困项羽于垓下。面对四面楚歌,项羽一路败逃到乌江。乌江亭长劝项羽过江东以图再起,项羽却念及当年八千子弟无一返还,自感无颜见江东父老,随拔剑自刎于乌江,留下千古一叹。

假如项羽过江东,中国的楚汉历史会改写吗?两百多年西汉王朝会被西楚王朝取代吗?2000多年来,这一直成为坊间与官场的热点话题,不同的人给出不同的答案。

晚唐诗人杜牧认为,项羽应该学习越王勾践,忍辱负重过江东,卧薪尝胆,以图他日卷土重来,杜牧专门作七言绝句《题乌江亭》表达无限的憾意。"胜败兵家事不期,包羞忍耻是男儿。江东子弟多才俊,卷土重来未可知。"

宋代王安石对此持相反的态度,他从一个政治家的角度审视时局,认为项羽中原战败后大势已去,即使再过江东,也没有翻盘的机会。为此,王安石贺同名七绝《叠题乌江亭》以回应杜牧,以诗歌唱和来隔代喊话,成为中国历史上极为罕见的文化现象。"百战疲劳壮士哀,中原一败势难回。江东子弟今虽在,肯于君王卷土来?"

笔者以为,历史没有假如,如果项羽败走江东,那就不是真正的项羽了，宁死不屈和重情重义是渗透项羽血液的性格。项羽自刎乌江，结束了拉锯式的楚汉战争，也成就了项羽一代枭雄的英名。

回顾楚汉战争史，不能不想到以少胜多的巨鹿之战。面对十倍于己的章邯部队，项羽破釜沉舟，背水一战，一举消灭秦军主力，为完成灭秦大业奠定了基础。也不能不想到号称天下第一宴的鸿门宴，一场宴会改变了中国历史的走向，还有比这更有影响力的宴会吗？假如项羽当初听信范增的建议，就不可能有刘邦后来开创的西汉帝业。

宋代词人李清照《夏日绝句》描绘了一位豪迈刚毅的悲剧英雄形象："生当作人杰，死亦为鬼雄。至今思项羽，不肯过江东。"项羽虽战败身死，但他那无所畏惧的英雄气概，一直流传至今，成为家乡特有的文化符号。

项羽失败的教训，可以在刘邦成功的经验里找到答案。《汉书·高帝记》记述了刘邦的总结："夫运筹帷幄之中，决胜千里之外，吾不如子房；镇国家，抚百姓，给饷馈，不绝粮道，吾不如萧何；连百万之众，战必胜，攻必取，吾不如韩信。三者皆人杰，吾能用之，此所以取天下者也。项羽有一范增而不能用，此所以为我擒也。"

"项籍者，下相人也。"司马迁《史记·项羽本纪》开篇即表明项羽乃江苏宿迁人。宿迁市在对外城市宣传中，常以"英雄、美酒、生态好"作为城市品牌对外推介，为宿迁城市形象增加了厚重的历史文化特质。"假如项羽过江东"的历史话题，还会一代代传下去，仁者见仁，智者见智，任由后人评说。

（原载于2021年9月13日《宿迁日报》）

从火热的世界杯赛场想到的

俄罗斯世界杯激战正酣，引无数球迷挑灯夜观。来自五大洲的32支劲旅将奉献64场精彩的比赛，对球迷朋友来说，可谓足球界的豪门盛宴，有的甚至发出感叹：青春不过几届世界杯！近日来，梅西的接球铲射、C罗的帽子戏法、内马尔的喜极而泣以及韩国队打败德国队等赛场花絮成为人们茶余饭后的热门话题。球迷的心情随着球赛的节奏上下起伏，有的手舞足蹈，有的唏嘘不已。这就是足球，带给我们欢乐的同时，也给我们带来一些思考。

作为招商人，我发现很多足球理念和招商理念是相通的。绿茵场上，来自世界各地的文化碰撞和激情演绎，对招商工作有许多借鉴和启示意义。

讲求团队合作。足球场上永远是11个人的集体战斗，成功的进球需要前锋临门一脚的功力，也少不了后场断球、中场盘带以及默契的助攻等集体配合。阿根廷对阵尼日利亚小组赛中，梅西接队友巴内加传球后，接、传、射一气呵成，打入一个世界波，最后靠集体配合取得2:1战绩，挺进16强。招商工作同样需要团队合作精神，第一信息获得犹如后场断球，规划、土地、建设等部门的密切配合如同中场盘带，招商谈判手正是前锋的临门一脚。

展现激情风采。足球的赢家总有一股强烈的求胜欲望，球迷的激情呐喊则有助于点燃队员的内在激情。仅有33万人口的冰岛队靠激情一路打进世界杯，冰岛球迷气势如虹的维京战吼惊艳全场，用团结向世人展现了不一样的足球魅力。葡萄牙对阵西班牙比赛中，三次落后，三次扳平，靠的不仅仅是运气，关键是永不气馁的韧劲，最终以3∶3平局赢得出线主动权。"激情招商，亲情服务。"激情也正是我们招商人必备的元素，在招商中，面对挫折永不言败，只要有1%的希望就要付出100%的努力。面对日趋激烈的招商竞争环境，招商人必须具有不怕磨破嘴、不怕跑断腿的毅力，才能在招商工作中创造佳绩。

注重攻守平衡。乌拉圭以三战全胜战绩在A组以小组第一出线，靠的不仅是锋线上苏亚雷斯和卡瓦尼两员进攻大将，同时守门员和后防线的稳固防守也是其制胜的关键。有的球迷调侃："没有过不去的坎，只有过不去的坎特。"以此点赞法国后卫坎特的坚强防守。足球是一项讲究攻守平衡的运动，既要进攻有力，又要注重防守，中场运动员大多既能攻又能守。招商工作同样需要攻守平衡，既要勇于担当在前方招引大项目，同时又要在环评、投资强度、税收贡献率等方面把好关，特别是对高耗能、高污染型项目做到"一票否决"，切实做好守门员的职责，为维护"绿水青山"的生态环境履行应尽的职责。

强化机遇意识。机遇在犹豫中消失，差距在等待中拉大。足球运动要求运动员在运动中把握战机，无球运动员也要通过不断跑动寻求机会，有时比对手快0.01秒，往往就能创造射门良机。招商工作更需要把握机遇，有价值的招商线索往往稍纵即逝，要求招商人员必须具备敏锐的嗅觉和快速的反应能力。市商务局在近期获得一个外资招商线索，在得知董事长第二天回日本时，便立即安排专人连夜赶往常熟拜访董事长。

像这种"说走就走"的招商是招商工作的常态，当机遇来临时，就要牢牢地掌握主动权。

足球是圆的，一切皆有可能。俄罗斯世界杯也迎来了淘汰赛，谁最终捧得大力神杯，大家正拭目以待。作为发展中的宿迁市，如何在新一轮招商热潮中抢得先机，要靠广大招商人员大力开展"走出去"和"请进来"活动，千方百计、千山万水、千言万语，通过发扬"三千精神"将符合我市发展定位的龙头型、旗舰型项目引进宿迁。同时相关部门要加快办事效率，主动为客商解决生产经营中遇到的困难和问题，切实打造全国一流的营商环境。

（原载于2018年7月2日《宿迁晚报》）

赴美学习感言

在组织的关心下,我参加了宿迁市第二批县处级干部新型工业化高级研修班,于2010年11月26日赴美参加了为期21天的考察学习。通过加州长滩州立大学为期一周的课堂学习,十多天深入商会、企业、政府机构的拜访考察,我对美国的政治、文化、经济、社会有了一定的了解,看到了中西方政治文化、价值观念、管理体制等方面的差异。这次考察学习对今后的招商引资及项目帮办服务工作有很好的借鉴及启示意义。

一、在美国的学习生活情况

2010年11月26日上午10时(北京时间),我们一行25人从上海浦东机场起飞,历经10多个小时的飞行,于2010年11月26日上午7时(当地时间)到达旧金山。时差的概念第一次给我带来了如此震撼性的感受,原来美国总是比我们慢一天。带着初到地球另一端的激动,走下飞机的我迫不及待地打开了相机的镜头,记录了到美国第一个早晨的加州阳光。给我的第一印象是美国的生态环境确实不错。简单熟悉一下环境后,我们在洛杉矶进行了为期一周的课堂生活。

1. 课程内容丰富，互动教学生动活泼

此次新型工业化培训给我们安排了"美国政府结构简介""新型工业化建设的新产品开发战略""美国技术与创新""新型工业化建设的人力资源管理"等丰富多彩的内容。授课老师来自美国、韩国、中国台湾等多个国家和地区，有的用中文，也有的用英文（配翻译）教学。由于老师大多采用互动教学，一边授课、一边提问，气氛热烈，学习针对性强，取得了很好的教学效果。25位学员分别从组工、财政、民政、礼仪、劳动、安全、招商等多个领域提出观点及问题，中西文化的差异交织着，中美两国国情互动着，碰撞出很多闪光点被我们铭记在心。孔子言："三人行，必有我师。"随行的学员正是我最好的老师。

2. 美国基本情况的初步了解

美国本土面积962.9万平方公里，位于北美洲南部，东临大西洋，西濒太平洋，北接加拿大，南靠墨西哥及墨西哥湾，共有50个州和华盛顿特区。这里原为印第安人聚居地，15世纪末，西班牙、荷兰、法国、英国等开始向北美移民。英国后来居上，到1773年，英国在此建立13个殖民地。1775年，北美人民爆发反对英国殖民者的独立战争。1776年7月4日，北美人民在费城通过了《独立宣言》，正式宣布建立美利坚合众国，1783年独立战争结束，1812年后完全摆脱英国统治。在1776年后的100年内，美国领土几乎扩张了10倍，第二次世界大战后，美国国力大增。1972年2月，美国总统尼克松访华，标志着中美两个大国关系朝着正常化迈进，现在中美已相互成为重要的经济贸易合作伙伴。美国和我国国土面积相近，资源丰富，区域优越，由于其人口较少，人均占有资源十分优越。

3. 新知识冲击着，新观念碰撞着

教授提出了许多创新意识使我们记忆犹新，如品牌意识，像可口可乐、百事可乐、耐克、苹果等众多美国品牌。美国很多企业在经营着品牌，掘取大部分的利润，而把污染型和劳动密集型等生产基地放在东南亚等发展中国家。虽然在超市中大部分产品标有"made in China"，但我们付出辛勤劳动获取的利润仅占产业链中很少的部分，这就是经营品牌的能量。改革开放30年来，我国也创造了"娃哈哈""汇源""蒙牛"等自己的民族品牌，这就是我们走向未来的希望之所在。结合宿迁国家级食品产业园建设，我还不失时机地通过季晴华教授对可口可乐、百事可乐、立时飞讯等美国企业进行招商工作。创新水平代表一个国家的发展潜力，一项调查表明韩国、美国、冰岛在世界创新能力上排名靠前。可见，我们必须提高创新能力和水平，在新一轮经济发展中抢占先机，才能在又一个10年发展机遇期中获得更好更快的发展。对硅谷人才摇篮斯坦福大学的参观学习，使我得知其校训为"让自由之风永远吹"。该校注重学生自主创新能力的培养，和东海岸正统绅士教育风格不同，不拘一格任由学生自由发展，从而培养了一大批世界知名的企业家。正是以斯坦福大学为依托，在美国西海岸神奇般崛起一座硅谷。美国作为一个移民国家，其文化底蕴中拥有开放、包容、创新等特质，通过一系列优厚条件汇聚了世界上各方面的优秀人才，从而提升其持久的竞争力。给我们的启示是：一个国家或一个地区要取得持续不断的跨越发展，必须不断创新，必须重视和发展文化，使创新文化成为创新的巨大推动力。我们宿迁市提炼出的"生态为归宿，创业求变迁"的城市精神以及每年一度的创业文化节正在不知不觉中影响并改变着宿迁人的创新观念，对我市经济更好更快地发展起到很大助推作用。

二、招商人眼中的美国社会

自踏入美利坚这块土地,我就从一个招商人独特的视角认真观察着、记录着、思考着……

1. 美国的社会问题

我们在美国看到了硅谷创新经济发展带来的奇迹,认识到美国不断创新机制所带来的强大竞争力,但也看到美国的一些社会问题。其中重要一点就是枪支文化。在美国,私人持有枪支是合法的,由此而引发的校园血案经常见诸报端。据了解,美国私人持有枪支达2.5亿支,排世界第一。随着美国人口的增多及一些社会矛盾的激化,大量散落民间的枪支将会给美国未来社会带来更多隐患,枪支案频发也给美国社会敲响了警钟,估计美国在未来会有新的政策出台以规范枪支管理。至于移民问题,美国大陆这块原本属于人类共有的资源。15世纪末,欧洲大量移民来到美国。通过出台一系列的移民政策,欧洲移民成为这里的既得利益获得者。非洲黑人以前是被贩运的奴隶,而如今黑人做了美国总统,其中的演绎变化,真是沧海桑田。华人在美国的人口中占比重很小,但多个城市我们总能看到"China town"(中国城),随着中美两国交流合作的发展,到美国的华人呈增长趋势。作为一个移民国家,也许再过若干年,华人也会做上美国的总统。美国通过一系列优惠政策吸引知识或资本阶层人士向该国流动,进一步增强其竞争力。其优势地位还通过不同形式占有世界各地资源,从而进一步拉大与其他发达国家及发展中国家的差距。

2. 对美国招商引资可行性的认识

苏南等发达地区的开发区主要考核外资的引进,随着宿迁招商选资的不断推进，对中国港台、日韩、欧美等地区的招商引资逐渐被摆上重要招商议题。此次美国学习考察时，我参观了硅谷等高科技企业。在参观天时飞讯企业时，我试探性对这一软件服务外包企业进行招商。出乎意料的是，他们确有在亚太地区扩大投资的计划，并找来上海分公司负责同志与我对接，成为此次赴美一个重要跟踪的招商线索。考察学习的同时，我时刻想着自己的招商使命，通过几次沟通，能讲一口流利英文且有一定中文功底的台湾教授季晴华先生答应做宿迁市的招商顾问，并在2011年适当机会来宿迁实地考察。同样对宿迁投资环境感兴趣的还有赴美30年的导游老徐，我分别给他们分发了《宿迁招商投资指南》。种种迹象表明，可以尝试对美国招商工作。

3. 对美国生态环境的认识

踏入美国大地时正值早上太阳初升时，加州美丽的阳光、彩色的大树、蓝色的大海，给我们留下了深刻的印象。我立即联想到我们"生态宿迁、绿色家园"的城市名片。宿迁尽管是经济欠发达地区，但却是生态环境优越地区。我们一定加倍珍惜这一难得的生态资源，避免发达国家和地区走过的"先污染、后治理"的老路。从西海岸到东海岸，包括其沙漠地区，我们无处不感受到人与自然和谐相处的生态意识，到芝加哥晒太阳的大雁甚至和我们合影留念。在美国商场里看到的鞋子、衣物及日常生活用品大都是中国制造或东南亚制造。原来凡劳动密集型产品或有一定污染的产品，美国本土一般都不再生产了，他们主要经营品牌及高科技产品。生态问题是全球性战略问题，联合国大厦旁边破裂的地球仪标识，提醒我们必须珍爱地球，保护全人类共有的家园。

4. 从应对大雪看美国的机制建设

此次美国之行遇上了席卷北美洲的大雪，部分航班被迫延误，但我们看到了美国的高速公路上仍川流不息的汽车，其他公路甚至校园内部都及时清扫出一条条道路供车辆及行人通行。经过了解知道，美国有一整套应对大雪机制。每当大雪来临时，撒盐车、清扫车立即出动，不等大雪结冰已将其清除，难怪大雪纷飞中我们就看到大小不一的清雪车辆在工作。高速公路旁堆放的一堆一堆圆锥状的盐包，就是为应对大雪而备用的，所以美国的高速公路遇大雪天气一般没有封路之说。宿迁在应对大雪机制方面也摸索出一套应对机制。每当暴雪来袭时，"雪情就是命令"。我们总能看到领导带头上路铲雪的场景，各部门、各单位也是按属地管理原则纷纷行动起来，这反映了我市干部群众别具一格的精神风貌。

三、对今后工作的借鉴意义

"身负重托赴美学习新型工业化增长见识，开拓创新越洋之旅市场经济体大开眼界。"在回国前的总结大会上，我即兴说出以上对联，表达了我对此次出国培训难得机会的感慨之情。事实上，通过此次三周的考察学习，我本人增长了知识，拓展了眼界，深切感受到国际化潮流对我们的影响。

1. 苹果风暴带给我们的启示

在美国期间，我们无处不感受到苹果潮的来袭，乔布斯作为当之无愧的企业领袖演绎他的苹果传奇。2010年5月26日，苹果以2221亿美元市值超越微软，荣登全球最大科技公司的宝座，而10年前微软的市值是苹果的35倍。正如乔布斯所说："这辈子没法做太多事情，所以每一件都要做到精彩绝伦。"苹果正是以自己对品位与美的独特理解，在时尚的风潮中执着前行。"整合即创新"，其实苹果ipod并不具备任何特别的技术创新,就是一个硬盘、一个音乐下载插件和一个优美的外观,经过艺术的整合便会风靡全球,这种整合式的创新很值得中国企业思考和借鉴。美国苹果公司生产的电脑、手机不断推出新产品,得到世界上许多消费者追捧,我们一行人中就有不少学员买了苹果公司的产品。苹果公司之所以赢得这种地位,得益于创新及因创新而演绎的企业文化。美国的个人英雄主义在乔布斯身上得以充分体现,其领导的苹果公司走的是精品路线。一个企业家成就了一家著名企业,企业家是社会的宝贵财富,这是赴美学习中的重要感受。我们谈娃哈哈想到宗庆后,谈汇源想到朱新礼,谈蒙牛不能不想到牛根生,提阿里巴巴立即想到马云。通过招商引资,宿迁一夜之间增加了多个中国驰名商标,其品牌价值带给我们的影响力是深远的,这更坚定了我们招大引强的决心,希望通过努力让康师傅、可口可乐、百事可乐等国际品牌也能与宿迁有缘。

2. 城乡统筹发展的启示

宿迁"十二五"规划明确提出了"产业强市、城乡统筹、外向带动、创业富民、科教优先、生态立市"六大战略。美国城乡一体化发展的模式给我们很大启发。在洛杉矶市中心和郊区,我们几乎感受不到其太大的变化。城市拉得很开,避免了车辆拥堵等城市病。农村等偏远集中居住区都有大型超市等配套设施,凡公共场所必然留足停车场位置。据说,到2020年,中国将取代美国成为世界汽车拥有量第一的国家。当然,我国与美国存在很大国情差异,毕竟我国人口众多,如果车辆任由现在速度发展,拥堵将成为我国今后的重大社会问题。发展公共交通是我国一个重要方向。事实上,我国的高铁已处在世界的领先位置,发展快速安全的公共交通是符合我国国情发展的重大战略决策,我们宿迁推行的公交一体化改革也深受民众拥护。

3. 加大第三产业及新兴产业发展不动摇

我国改革开放30年取得了举世瞩目的成就，中国在世界上的影响力越来越大，我们在美国也感受到作为中国人而受到的礼遇，这是我国综合国力得到大的发展的结果。通用电气总裁甚至作出大胆预测：中国取代美国成为世界最大经济体只是时间问题。根据美国的发展历程看，我国作为正在崛起的发展中国家，第三产业必将得到快速发展。我市今年来狠抓服务外包业取得了很大成绩，新兴产业代表未来发展发展向，我们必须与时俱进，开拓创新，下大力气招引"新能源、新材料、节能环保、软件和服务外包"四大战略性新兴产业项目。食品产业是我市一大特色产业，具有纳税高、对农业带动性强及低碳环保等特点，我们将以国家级食品产业园为平台进一步做大、做强、做优食品产业，瞄准旗舰型大项目，坚持不懈招商引资，为打造国家级开发区作出不懈努力！

4. 对新型工业化的再认识

所谓新型工业化，就是坚持以信息化带动工业化，以工业化促进信息化，就是科技含量高、经济效益好、资源消耗低、环境污染少、人力资源优势得到充分发挥的工业化。党的十六大报告中明确提出走新型工业化道路的战略部署。此次美国之行使我对新型工业化有了更直接的感受，对指导我们开展招商选资工作有很强的指导意义，对那些环境不达标及落后产能项目坚决不引，对那些新能源、新材料项目重点跟踪洽谈，以实现我市工业经济又好又快发展。

【背景介绍】2010年11月26日—12月17日，宿迁市组织了以张卫东为班长、徐勤忠为书记的第二批赴美国县处级干部新型工业化高级研修班。该文是作者赴美学习后的心得体会，内容涉及太平洋彼岸美国的风土人情,对美国枪支文化等社会现象的思考,对美国的招商与交流工作也提出一些有益的探讨。"身负重托赴美学习新型工业化增长知识,开拓创新越洋之旅市场经济体大开眼界。"作者的即兴对联在25位同学中产生强烈共鸣。

第四辑 那些思,那些想……

品牌之争

娃哈哈，作为中国饮料行业的龙头老大，自20世纪90年代开始在国内家喻户晓，其知名度和美誉度可喻之为中国的可口可乐。历时两年半的达能与娃哈哈品牌纠纷，纷纷扰扰，扑朔迷离，至今仍有不少人不明真相。达能与娃哈哈关于无形资产的品牌纠纷，已被引用到国际经济纠纷经典教案中。

一

2007年4月3日，一个平常的日子，蒙蒙细雨过后，窗外的二月兰清新地绽放着，空气中弥漫着春的气息。然而对于娃哈哈乃至饮料产业界来说，这天注定是个不平常的日子，一篇《宗庆后后悔了》的新闻报道突然出炉，犹如平地一声惊雷，令中国商界为之震惊。后来随着达能与娃哈哈纠纷的事件展开，其影响力远远超越了商界与国界。

《经济参考报》在头版报道了娃哈哈品牌纠纷以及达能欲并购娃哈哈非合资企业的内情，报道一经刊发，立即产生巨大反响。《第一财经日报》《东方早报》《上海证券报》等众多媒体纷纷跟进报道，人民网、搜狐、新浪等十家网站随即转载，业内人士纷纷发表看法，数以万计的网友跟帖热议，一场达能与娃哈哈纠纷的大讨论呈爆棚之势。

娃哈哈与达能此次纠纷的核心与焦点究竟是什么？宗庆后给予了解释：达能要低价并购非合资公司51%的股份，全面控制整个娃哈哈，娃哈哈不同意让其并购。于是达能以娃哈哈违反所谓的"同业竞争"条款及"滥用娃哈哈商标"为由，以诉诸法律来胁迫娃哈哈将股权出售给他。犹如打开潘多拉盒子，达娃纠纷从此便一发不可收拾了。

二

达娃纠纷曝光后，把事件的另一个主角也推向了舆论焦点。达能集团是怎样的企业呢？达能中国区主席秦鹏说："达能的血液里就有合并的文化。"1899年2月2日，达能集团的前身诞生于西班牙巴塞罗那，创始人是一名出生于希腊的橄榄油商人。这名商人和其家族成员此后辗转于欧美各国。1966年，这家公司与法国一家玻璃制造商合并并更名为BSN。1970年，BSN优雅地转身，开始进军食品工业。

事实上，达能全球业务与"并购"二字密不可分，其进入食品行业就是以并购开始的。1973年，BSN与一家乳品及面条生产商合并后，年销售额达14亿欧元，其中，食品饮料业务占据52%的份额。此时，BSN的掌门人正是日后与宗庆后合作的小里布先生之父。

BSN集团于1994年更名为达能集团，其三大主营业务分别为鲜奶、饮料和饼干。英国《经济学人》杂志曾总结达能扩张战略的三个要点：一是在世界各地广泛收购当地优秀品牌，实行本土文化、多品牌战略；二是果断地从衰退行业转向朝阳行业，并不断抛弃边缘产品和效益不佳的企业；三是把自己定位为一家全球化公司，在任何一个市场上准确袭击国际竞争对手。更精炼地说，达能的法宝就是"吞"和"吐"，即并购与出售。

三

达能与娃哈哈走到一块儿，并非纯属偶然。1996年5月，小里布成为达能集团主席兼首席执行官，正是这一年，达能注资4500万美元到娃哈哈并成为合资公司的控股人。很难说双方是谁先主动找上谁，开始合作缘于两情相悦，各有所求。达能看中娃哈哈的品牌、营销网络和赢利能力，而娃哈哈则看中达能的雄厚资金、先进技术和管理经验。

宗庆后曾经试图通过上市公司筹得更多的企业发展资金，为此，1992年9月7日，注册1.83亿元成立了娃哈哈美食城股份有限公司。但由于申报材料太多的漏洞被证监会正式否决，还受到了三年内不得再次申请的处罚。

上市的失败，也促使娃哈哈转向达能这样有实力的国际资本。这段看似充满浪漫的跨国"婚姻"成就了达能，同样也成就了娃哈哈。合作初期，双方度过一段短暂的"蜜月期"。达娃合资后，娃哈哈推出的纯净水和非常可乐均取得重大成功。宗庆后前往法国巴黎的达能总部参加会议时，还得到达能总部升起五星红旗的隆重礼遇。

四

跨国婚姻绕不开文化理念的冲突与碰撞，双方合作不久就出现了矛盾，达能抱怨宗庆后独断专行，不尊重大股东意见；而宗庆后则认为达能不尊重合作方，对别人限制重重，而对自己则很自由。

早在1996年合作初期，达能与娃哈哈争夺主导权就在或明或暗中博弈，宗庆后依靠他一贯的铁腕风格，掌控着合资公司的控制权和经营权。对国际并购业务驾轻就熟的达能则更胜一筹，通过与百富勤共同注册的金加公司，不动声色地拿下了合资公司的51%控股权。应该说，在首轮较量中达能占了上风。

2000年3月，达能出资23.8亿元控股乐百氏的92%股份。乐百氏是娃哈哈最主要的竞争伙伴，乐百氏的创始人何伯权小宗庆后16岁，他与宗庆后亦敌亦友。达能通过控股娃哈哈的主要竞争对手，从而占有更大的主动权，宗庆后越发感觉到了危机与被动。

如果说达能的出轨是恋上乐百氏，那么娃哈哈的出轨就是恋上非合资公司。1999年，宗庆后和中方决策班子商定，由职工集资持股成立一批与达能没有合资关系的公司。非合资公司陆续在全国各地投资建厂，2005年成立的江苏宿迁娃哈哈饮料有限公司也是在这种背景下成立的。一批非合资公司的成立，成为宗庆后变被动为主动的重要举措，为日后与达能背水一战提供了载体与平台。

2006年，娃哈哈非合资公司资产达56亿元，年利润达10.4亿元，达能欲以40亿元强行并购非合资公司51%的股权，而宗庆后和娃哈哈方面则坚决不同意并购，双方矛盾在2007年4月30日《经济参考报》报道后，立即引起社会强烈关注。

随着达能与娃哈哈的先后"出轨"，双方已是同床异梦，一桩看似完美的婚姻出现了严重危机。

五

双方口水战很快聚焦到娃哈哈的品牌纠纷，达能方面认为，娃哈哈商标所有权属于合资公司，非合资公司未经许可无权使用娃哈哈商标。

宗庆后开始陷入两难的境地，要么同意达能对非合资公司的并购，要么非合资公司停止生产娃哈哈产品。如此一来，娃哈哈商标所有权究竟属于谁？就成为此次纠纷胜败之关键。

合资之初，达能提出将娃哈哈商标转让给合资公司，因为宗庆后是合资公司董事长兼总经理，而且娃哈哈还是大股东，达能当时并没有直接控股，将商标转让到合资公司，就好比从左口袋转到右口袋，所以宗庆后没有反对。但由于"娃哈哈"是中国驰名商标，国家商标局没有批准这次转让。于是，双方就改签了一份商标使用许可合同，给国家商标局备案的是简式许可合同，而双方又私下签订了一个繁式许可合同，这就是后来被媒体反复提及的所谓"阴阳合同"。

问题就出在双方私下签订的繁式许可合同，其中约定："中方将来可以使用（娃哈哈）商标在其他产品的生产和销售上，而这些产品项目已提交给娃哈哈与其合营企业的董事会进行考虑……"这些拗口的措辞被达能解读为：非合资公司如果使用娃哈哈商标，必须要经过合资公司的董事会批准。

六

从此，双方围绕娃哈哈商标所有权的归属开展激烈争辩，不仅引起业内及法律界人士关注，甚至成为人们茶余饭后谈论的焦点，一时娃哈哈被推倒舆论的风口浪尖。

达娃矛盾被媒体无意间泄露后，达能集团迅速作出反映，成功地引导初期舆论向有利于自己的方向发展。

作为达能亚太（上海）管理有限公司的新闻发言人，奥美公关丁莹女士针对《宗庆后后悔了》的报道措辞谨慎："收购这件事情有很大误解，所谓'达能在10多年前精心布置圈套'的情况根本就不存在，我们会尽快向外界解释清楚所有的事情。"

随后，达能方面还证实，2006年12月，达能确实要求以40亿元人民币的价格收购这些非合资公司51%的股权，当时宗庆后已经在协议上签了字，签过名的协议怎么能说反悔就反悔呢？一时间，宗庆后被贴上了不守信的标签。

宗庆后解释说："非合资公司的股权是大家的，不是我一个人的，职工持股会和全体员工不同意卖。里布跑到杭州天天逼我签协议，同时，还通过法国大使向国家相关部门告状向我施压，不得已我只好以个人名义和里布签署一个不具有任何法律效力的意向书。后来我拒绝再签署相关合同，这也得到所有娃哈哈员工的支持。"

面对达能与娃哈哈的纠纷，一些第三方力量也参与进来，比如冀书鹏将他的调解方案分别寄给秦鹏和宗庆后，由于宗庆后不予理会，充当"和事佬"的冀书鹏最终斡旋失败。

无独有偶，北京和群创业咨询有限公司总裁李肃也介入其中，李肃向达能发出一封措辞强硬的公开信，要求达能退还娃哈哈品牌，并对损害光明乳业小股东利益行为做出赔偿。和群创业的意外介入，让达娃之争的形势更加复杂起来。

七

范易谋，1962年生于法国，1999年被任命为达能集团首席财务官，2005年7月1日，范易谋就任达能亚太区总裁时，他把达能亚太区总部从新加坡搬到上海。正是他，亲手点燃了达娃之争。

从2007年4月开始，作为达娃双方的主角，宗庆后和范易谋刀来剑往大战数个回合。首先是范易谋突然发难，提出娃哈哈非合资公司使用娃哈哈商标"非法"，要求并购娃哈哈非合资企业。对此，范易谋表达得非常直白："一个最简单的解决方案，就是将这些非合资企业变成合资企业。"

4月12日，范易谋专程从巴黎飞到上海接受媒体采访。这位法国人直接指责宗庆后违反合同。

矛盾激发后，宗庆后依靠娃哈哈长期经营的"家"文化和经销商这支特别纵队，几乎是一呼百应，以压倒性的舆论形成对达能的声讨。

宗庆后是服软不服硬的人，身上具有愈压愈强的不服输潜质。不懂宗庆后的范易谋犯了一个重大错误，竟然撂下"让他在诉讼中度过余生"的狠话，把达娃双方都逼上了法律战。

范易谋的狠话绝非空穴来风，法国人的确做好了与宗庆后对簿公堂的准备。

八

2007年5月28日，范易谋向《21世纪经济报道》独家证实，达能（亚洲）及其全资子公司已经正式向瑞典斯德哥尔摩商会仲裁院提出8项仲裁申请，这标志着达能正式启动法律程序。

2007年6月4日，达能在位于美国洛杉矶的加利福尼亚州最高法院对恒枫贸易有限公司和杭州宏胜饮料有限公司，以及两公司关联人员宗庆后的女儿宗馥莉、妻子施幼珍提起诉讼。

2007年6月7日，宗庆后突然宣布辞职，娃哈哈集团的书面声明很快出现在各大门户网站：6月6日，娃哈哈集团有限公司董事长宗庆后已向娃哈哈与达能合资公司董事会辞去合资公司董事长职务。

新浪网随后发布了达能集团的回应：接受宗庆后辞呈，任命范易谋先生临时接替合资企业董事长之职。

当天晚间，宗庆后发布了《给法国达能集团董事长里布先生及各位董事的公开信》。公开信中，宗庆后首先回顾了任职合资公司11年2个月期间的工作与贡献，谈到与对方董事合作的艰难与伤害。宗庆后在坦陈自己的反思后，以"不管风吹浪打，胜似闲庭信步"来表达当时的心境，最后，宗庆后似信手一挥："达能，斯德哥尔摩见！"

失去宗庆后的娃哈哈就像一列失去引擎的火车头，根本无法牵引合资企业这列火车在中国市场上纵横驰骋，明眼人不难看出，宗庆后的辞职并不是他谢幕的标志，而是以退为进的策略。

2007年6月8日，是宗庆后特别高兴的日子。娃哈哈集团公布了一份国家商标局《关于娃哈哈商标转让申请审核情况的复函》，复函指出："杭州娃哈哈集团公司于1996年4月和1997年9月先后向我局提交了《关于请求转让娃哈哈商标的报告》和《关于转让娃哈哈注册商标的报告》，要求将该公司名下的200多件注册商标转让给合资公司——杭州娃哈哈食品有限公司，但我局根据《规定》，均未同意转让。"这对宗庆后来说，是一个重大利好消息，意味着娃哈哈商标转让失去了法律基础。也就是说，"娃哈哈"商标所有权仍属于娃哈哈集团。

2007年6月14日，一向被指责"缺乏契约精神"的宗庆后终于打响了法律战。娃哈哈集团提起的"娃哈哈"商标转让纠纷仲裁申请被正式受理。达能终于见到宗庆后连环回击的力度。

2007年7月3日，宗庆后对达能的狙击进一步升级，娃哈哈集团在杭州第一世界大酒店举行大型媒体见面会，包括凤凰卫视、法新社、美联社等200多家中外媒体记者应邀参会。宗庆后坦承："我现在是依法办事，通过这次纠纷我学会了很多法律知识，不给人家抓住柄，一切按法律走。"

当晚的答谢晚会，压轴节目是大合唱《团结就是力量》，宗庆后为娃哈哈人的合唱担任了总指挥。宗庆后打着拍子，在场的娃哈哈人引吭高歌。当唱到"这力量是铁，这力量是钢，比铁还硬，比钢还强"时，宗庆后眼睛湿润了。

"不是东风压倒西风，就是西风压倒东风。"此时的宗庆后有了足够的底气，他公开声称娃哈哈商标所有权属于娃哈哈集团。对于达能并购非合资公司的计划，"不存在这种可能性！"宗庆后明确表示，"达能说要讲法律，那好，我就和他讲法律。"

巧合的是，这次大型媒体见面会的前一天，作者本人带着《公司法》和《商标法》也来到杭州娃哈哈总部，在与宗庆后见面交流中没有回避"达娃纠纷"这一敏感话题。我提出希望采访达能和娃哈哈双方当事人，以便向公众披露"达娃纠纷"的真正内幕，宗庆后微笑颔许，但后来因没有采访到范易谋而作罢。

7月10日，娃哈哈集团新闻发言人单启宁披露，沈阳娃哈哈饮料有限公司股东之一———沈阳陵东实业发展总公司已经以"违反董事对公司忠实义务和意见禁止业务"为由,起诉达能方董事、达能中国区主席秦鹏。沈阳市中级人民法院已经受理此案。

接下来在广西桂林,娃哈哈集团与林祥昇工贸有限公司一起起诉了嘉柯林;在吉林、宜昌等合资公司所在地,娃哈哈合资公司的股东们开始了对范易谋、秦鹏、嘉柯林的轮番诉论。

范易谋和秦鹏对不断送上门的法律文书叫苦不迭。有好几次,送法律文书的法院人员到了达能位于上海的亚太区总部,都被前台告知范易谋先生和秦鹏先生不在。

更为搞笑的一次,一位送文书的法院人员恰好找到了范易谋,范易谋却连连摆手:"我不是范易谋。"

中国古语云:"种瓜得瓜,种豆得豆。"充满并购文化的达能,正在为他投机色彩的中国战略付出代价。

九

双方的法律战进入了胶着状态,很快,有利于娃哈哈的消息便不断传来,先是桂林方面胜诉的消息,接下来便是"娃哈哈"商标权的归属有了结果。

2007年12月10日,杭州市仲裁委员会确认:自1999年12月6日起,杭州娃哈哈集团有限公司与杭州娃哈哈食品有限公司于1996年2月28日签订的《商标转让协议》已经终止,因此支持娃哈哈的仲裁申请,"娃哈哈"商标属于娃哈哈集团所有。

达能对裁决结果"感到震惊",声称:"仲裁庭的裁决是完全错误的,因为他严重违背客观事实真相,对《商标法》《商标法实施细则》

等法律、法规的理解错误或不当,并且与商标转让司法实践中存在惯例严重不符。对这一裁决,合资公司将依法提出撤销申请。"

让我们简要回顾一下"娃哈哈"商标转让的脉络。

合资之初,达能想把"娃哈哈"商标转让给合资公司,但按照法律相关规定,国家商标局没有批准。也就是说,娃哈哈集团依旧享有"娃哈哈"的商标所有权。

之后,达能与娃哈哈集团在1999年签订《商标使用许可合同》,表明达能与娃哈哈都承认转让协议的无效,"娃哈哈"商标还是属于娃哈哈集团。

2005年10月,娃哈哈集团(甲方)与达能(乙方)又签订了《商标使用许可合同第一号修订协议》。在此次的修订协议中,双方再次确认"甲方拥有商标的所有权"。由此不难看出,"娃哈哈"商标的所有权实际上一直都属于娃哈哈集团。

自达能与娃哈哈纠纷以来,由于娃哈哈荣誉员工的特殊身份,我密切关注事件发展,曾两次到杭州送去《商标法》和《公司法》,并函递《依法保卫娃哈哈品牌》建议。

2008年7月30日,杭州中级人民法院对娃哈哈与达能的商标之争作出裁定,"驳回达能的诉讼请求,并且这次的裁定为终审判定,不得上诉。"僵持许久的达能与娃哈哈的商标之战终于落下帷幕。

十

2009年9月30日,达能与娃哈哈在北京签署和解协议,随后,达能作价3亿欧元将自己在合资公司的51%股权出售给中方合资人。轰动一时的达能与娃哈哈纠纷在历经两年半后终有了一个戏剧性的结局。

达能的董事长兼首席执行官弗兰克·里布认为:"达能与娃哈哈之间合作,建立了中国饮料业中一个领头企业。我们相信,在娃哈哈管理层的领导下,企业将会继续壮大,取得更为优异的成绩。"

对此,宗庆后说:"中国是一个开放的国家,中华民族是一个宽容的民族,中国的企业都会愿意在平等互利的基础上与世界企业合作,寻求双方更好的发展。"

"和解声明"发出之后,宗庆后突感一身轻松,同时也略显一身疲惫。

为了这场旷日持久的尊严之战,宗庆后顶住了太多的压力,包括"绿卡门"、偷漏税以及人大代表资格质疑等舆论炒作。最终,宗庆后靠内心的坦然与自信挺了下来。

十一

达能与娃哈哈争斗历时两年半,涉及并购品牌、无形资产、同业竞争等众多国际经济法领域,是中国企业抗击恶意并购的经典案例,也是中国企业与跨国企业法律对抗的成功案例,已经成为国际经济法中不可多得的案例。

达娃之争中,达能的资本意志、娃哈哈的国际经验不足,是此后纷争的根源。宗庆后反思后说道:"我过去的排序是情、理、法,而现在,我首先要讲'法'和'理'。"

事实上,达娃合资公司继续延用 1999 年的《商标使用许可合同》,这为宗庆后后来通过法律维护商标所有权留下了空间。

拜伦说过:"不哭过长夜的人不足以语人生。"中国也有一句古语:

"吃一堑、长一智。"从与达能纠纷中艰难走出来的宗庆后感慨地说："人有时被逼着成长，所以，不要害怕痛。痛是生命的一部分，有时候，它是礼物，是上帝恩赐给你的成长契机。"宗庆后对商场如战场有了更多的感悟与认识，对跨国合作的中国企业有如下提示：

（1）尽可能坚持在合资企业中的控股权，请记住：只有控股超过50%才是绝对控股，这样才能把主动权牢牢掌握在自己手中。

（2）即使不能控股，也应对股东在合资企业中的投票权和董事会议事规则等事项作出详细的约定。在根本性问题上，绝对不能放弃发言权。

（3）由于我们设立的是中国的企业，应当依照中国的法律办事，相应地，纠纷的解决也应在国内，由更熟悉中国法律的中国法院和仲裁机构依照中国的法律进行评判，尽量避免约定适用外国法律或者到国外去仲裁。

达娃品牌大战的硝烟已经散去，娃哈哈的品牌归属也已尘埃落定，但引发人们对品牌的思考却远远没有结束。

（本文创作于 2017 年 5 月）

民歌哼出的大品牌

一

《娃哈哈》是一首有着浓郁维吾尔风情的歌曲，改编自新疆传入俄罗斯的民歌，由石夫谱曲填词，潘振声编曲。这首始于20世纪50年代传唱的儿歌，充满着欢快与喜悦，特别是歌词中反复吟唱的"娃哈哈呀娃哈哈"更是朗朗上口，让人难以忘怀。1992年，银河少年合唱团将《娃哈哈》唱响在中央电视台六一晚会，更是让这首脍炙人口的歌曲在中国家喻户晓。

一首广为流传的民歌一旦与产品商标联系在一起，会有怎样的效果呢？1987年，42岁的宗庆后成立杭州市上城区校办企业经销部，开始了他的创业历程。1988年6月16日，《杭州日报》头版刊登了一则大幅广告："一种高效能的儿童营养液，已在杭州保灵食品厂试制成功，特向社会各界征集产品名称和商标图案……"这是宗庆后亲自设计的一则广告，在那个信息网络相对闭塞的年代，"有奖征名"还是一件特别新鲜的事儿。

一石激起千层浪，应征信件如雪花般飞来，但大多是什么"宝"啊"精"呀之类的，没有什么新意。

当工作人员报出"娃哈哈"时,自己竟忍不住"扑哧"笑了起来。顿时,与会的专家学者也不由自主笑出声来,在场的每个人几乎都被"娃哈哈"三个字逗乐了。他们一致认为这个名称简直俗不可耐,属于小孩过家家。有的说,这个应征者太有意思了,居然想出这么个幼稚的名称。

然而,宗庆后紧锁的眉头却随之舒展开来,"好,就叫娃哈哈!"宗庆后认为,《娃哈哈》作为新疆民歌已经广为流传,可谓妇孺皆知,取这样一个别致的商标名称,便于人们熟悉、想起和记住它。更何况,"哈哈"是各种肤色的人们表达喜悦之欢的共同表情,尤其是孩子极易模仿,发音响亮,且音韵和谐,容易接受,符合高效能儿童营养液的产品定位。

"娃哈哈这个名称,具备新、奇、特,有冲击力,能引人注意。"宗庆后兴奋地说,"娃哈哈既朗朗上口,又容易记忆。我们搞儿童营养液,不就是为了让孩子们能像开心娃娃一样笑哈哈嘛!"

宗庆后一锤定音,从此,伴随着"喝了娃哈哈,吃饭就是香"铺天盖地的广告,"娃哈哈"品牌响遍大江南北、长城内外,娃哈哈的产品也走进大街小巷,进入千家万户。

二

可以这样说,没有宗庆后就没有娃哈哈,谈娃哈哈的传奇首先要探寻宗庆后先生的成长轨迹。

宗庆后的籍贯为浙江杭州,是南宋名臣宗泽的第36代世孙。宗泽,字汝霖,谥号"忠简",1060年生于浙江义乌。宗泽一生忧国忧民、力主抗战。1126年,68岁的宗泽出任河北义兵总管,不久升为天下兵马副元帅、东京留守兼开封知府，率部连破金兵30寨。1128年，宗泽病危之时，吟出"出师未捷身先死，长使英雄泪满襟"的名句，连呼三声"渡河"，抱憾而终！抗金名将岳飞亲自扶柩，将其归葬镇江京岘山。

宗庆后的出生地有着多个版本，无形中增加一些神秘色彩。一直以来，宗庆后都认为自己是1945年10月12日出生于江苏宿迁的东大街，但母亲告诉他，他于1945年10月11日出生于江苏徐州。这是怎么一回事呢？要了解原委，事情还要从头说起。

原来，宗庆后的父亲宗启骤毕业于国民大学化学系，母亲王树珍是满族镶黄旗人，是位格格的女儿。王树珍经姐姐介绍与宗启骤相识并结婚，当时宗启骤在南京上大学，王树珍还在北京的志成中学读高中。他们订婚之后，在苏州度过了一些时日，因宗启骤二哥在江苏宿迁县担任政府秘书长，宗启骤也在宿迁县政府谋了个小职位，于是有了20世纪40年代宗启骤和王树珍定居宿迁东大街的故事。

王树珍没多久就怀孕了——那就是宗庆后。那时候的宿迁如同乡下，城中仅有一条东大街算是繁华街道，加之日伪长期占据，可谓满目疮痍。由于在条件较差的宿迁生孩子不太方便，临产中的王树珍便来到徐州的宗启骤五哥一家。1945年10月11日深夜，十二点钟声刚响过没多久，她完成了分娩，他们的长子宗庆后降生了，是个9斤重的胖小子。由于排行"后"字辈，又是辛亥革命纪念日即"双十节"后出生，母亲便给他取名宗庆后。

严格来说，宗庆后1945年10月12日出生在宿迁的说法是不准确的。按照宗庆后母亲的回忆，应该是婚后定居怀孕在宿迁，出生在徐州，生日是10月11日。其实，深夜十二点的钟声已经敲响，算作12日凌晨应该是没错的。

在宗庆后出生后不久，宗启骡去了南京，在南京政府邮局系统继续自己小职员生涯，他带着妻儿在南京度过了几年平淡而宁静的生活。

三

南京解放时，宗庆后的大弟宗端后还没满周岁。1949年秋天，宗启骡与王树珍商量，辞去了南京邮政局的职位，来到了杭州。因为宗庆后的曾祖父辈均为杭州府钱塘县籍，所以宗启骡一直把杭州当作祖籍之处。宗庆后从此变成了一名杭州人，那时候他们家租住在西湖边的韶华巷，就在柳浪闻莺边上。

刚开始那阵子，生活极为艰难，有时连米都买不起，饭都吃不上。直到王树珍通过公开招聘做了教师，家庭有了稳定收入，生活状况才有所好转，全家也搬到柳翠井巷小学里住了下来，宗庆后一生中与教育难解难分的缘分也是从这时开始的。

宗庆后一家迁居的杭州，是中国七大古都之一的历史文化名城，素有"人间天堂"的美誉。"江南忆，最忆是杭州。""未能抛得杭州去，一半勾留是此湖。"白居易的诗词很好地描述了杭州及西湖美景。置身风景如画的环境中，对宗庆后的成功或许起到潜移默化的作用，尤其西湖边上的钱王祠和岳王庙更是对宗庆后的英雄情结起到了不可言状的作用。

年少时的宗庆后尽管生活很困苦，却展示出特有的志气与傲骨，有时看见别人家孩子在吃零食，他会拉着弟弟们转身离开。面对诱惑毅然"转身"，在后来从商经历中也受益良多。比如面对房地产行业日进斗金的巨大诱惑，宗庆后始终坚守饮料主业发展，自然规避了后来房地产行业极速下滑的拖累。

在宗庆后的童年，从来没有想过要成为一名企业家，他16岁时梦想是成为一名拖拉机手。学生时代的宗庆后初步展现了组织领导能力，在新华小学时是少先队中队长，在杭州五中时既是班长，也是学校播音员。

有一次，新华小学将邀请解放军叔叔做辅导报告的任务交给了宗庆后，12岁的宗庆后怀着忐忑不安的心情带着介绍信到军营执行任务，没想到解放军叔叔愉快地接受了邀请，并很好地配合了宗庆后主持的少先队日活动，看似十分困难的活动获得超预期成功。

这件事对宗庆后影响很大，"只要行动了，就会得到比预期更好的结果，关键要行动起来！"这一理念使宗庆后终身受益，他说："当你所有的思想聚焦于一点，强大的力量由此而生，它汇聚人脉、金钱和一切。"

1961年，正值三年自然灾害之际，宗庆后初中毕业了。整个国家都面临饥荒的威胁，子女渐多的宗家，经济状况可想而知，宗庆后的妹妹宗蕊被迫交九叔领养。作为家中长子，宗庆后认为该给家庭分担一些了。因为家庭成分不好，无法去读师范学校的宗庆后决定打工赚钱，16岁的宗庆后较早地走出校门，先后学过修理汽车，干过爆炒米，卖过红薯。

四

1963年的一天，宗庆后得到一个消息：舟山马目农场正在杭州招收知识青年，不论家庭成分，谁都可以报名参加。就这样，18岁的宗庆后在荒凉的马目农场干起抬石头、运石头的苦力活。因为勤奋、能吃苦,宗庆后还获得了农场唐书记的赏识,准备保举他上大学,但"大学梦"却因马目农场后来的停办而不了了之。

1964年,宗庆后被转移安置到绍兴茶场,种茶、割稻、造地、拉砖头,宗庆后在偏远的丘陵山区继续他的"社会大学"生活。毛泽东说:"农村广阔天地,大有作为。"宗庆后在农村15年,一方面练就一身健康体魄;另一方面阅读大量书籍,包括《我的大学》《钢铁是怎样炼成的?》《毛泽东选集》等。阅读,成为宗庆后始终坚持的习惯,这为后来的创业积累了很好的养料与基础。

陆羽的《茶经》开篇就说,"茶者,南方之嘉木也"。宗庆后在绍兴茶厂14年,与茶结下了不解之缘。宗庆后后来成功开发了系列茶饮料,不知与这段茶缘是否有关?

"在舟山和绍兴农场的15年,尽管是我人生当中最年轻、最有成长希望的大好时光,看起来好像在农村没有什么作为,但我感到这15年,对我整个人生道路确实是有很大帮助的。至少这15年的艰苦生活,磨炼了我的斗志,同时也练就了比较好的身体,为我42岁以后的创业,打下了比较雄厚的基础。"宗庆后如是说。

在被问及如何在寂寥的日子里坚守与阅读时,宗庆后认为《孟子》的名句给了他无穷的力量与激励,那就是:"故天将降大任于斯人也,必先苦其心志,劳其筋骨,饿其体肤,空乏其身,行拂乱其所为,所以动心忍性,曾益其所不能。"

五

　　1978年的秋天，33岁的宗庆后迎来人生命运重大转折。中央出台一个文件，规定城镇干部职工退休后，在农村下乡插队的知青子女可以返城顶替。爱子心切的王树珍在得知信息的第一时间决定立即提前退休，宗庆后终于回到了杭州。屈指算来，此时的作者正在江苏宿迁乡下读初中。说来巧合的是，作者1999年着手娃哈哈项目招商引资时也是33岁，这当然是后话。

　　由于学历不够，回杭州的宗庆后只能顶替母亲去校办工厂做工人。"蓄势既久，其发必速。"在经历15年舟山和绍兴的历练与压抑后，宗庆后急需寻找解放自己内心能量的突破口，单调的糊纸箱工作并不符合他对未来的预期，按捺不住的他开始向厂长提各种各样的建议。很快，他被推上了喜欢独来独往的供销员位置。这段供销员生涯为宗庆后积累了对市场灵敏嗅觉的经验，他的敢闯敢试及创新精神初步展现出来。在此期间，他甚至在广交会大门前摆地摊，扯着嗓子卖电表。

六

　　初步展示宗庆后营销能力的案例是1980年的海南岛之行。在杭州胜利电器仪表厂负责销售工作期间，他只身一人背着十几只电表样品奔赴山西，通过千辛万苦总算搞定一单生意：山西一家单位拟按每只23元价格采购1000只电表，可是这样一个来之不易的订单却被厂长否决掉了，"听说广东那边有人要上万只电表，而且每只电表能卖24元。小宗，你还是明天买车票去趟广州吧，尽量把订单拿下！"厂长通过电话在遥控指挥。然而，当宗庆后挤上火车历尽艰辛来到广州时，发现信息严重不对称，人家给出的价格是18元一只，而且只要500只电表。

带着郁闷、沮丧和一身疲惫，宗庆后来到广州街头一家简陋大排档用餐，席间，邻桌两位客人的聊天引起宗庆后的兴趣。"我一位朋友在海南发达啦！""那边正在大开发，机会多啊！"原来聊的是海南岛正在大开发的话题，说者无心，听者有意。

"将在外，君令有所不受。"这一次，宗庆后既未向厂长请示，也没有跟家人打招呼，来一次说走就走的海南营销之旅。宗庆后第二天便横渡琼州海峡，风风火火地踏上了海南岛。

相对广州大城市来说，海南那时还很贫穷落后，但也正是市场拓展的处女地。一个月的奔袭推销，一个月的千言万语，宗庆后终于成功地接到了一批电表订单。为了解决分散客户货款难回收的问题，宗庆后还在海口找了一家规模较大的五金交电公司作为中介担保，通过让利第三方，给发往海南的这批电表加了一道保险。

宗庆后的突然"失踪"，令胜利电表厂的领导大为恼火，也让家人和爱人担心不已。当宗庆后将一份份成功的订单放在厂长的案头时，领导高兴了，家人也释然了。正所谓，"机遇在犹豫中消失，差距在等待中拉大。"

海南之行是宗庆后靠感性决策抢抓机遇的一次成功营销尝试。"市场变化之快超乎想象，行动远比想象更有价值。"这是宗庆后在一线营销中得出的结论。长期行走在市场一线，发现市场脉搏及时决策被宗庆后后来不断复制并拓展，最终成功创立了全新的"联销体模式"。

七

从海南回来不久，1980年5月1日，宗庆后和施幼珍步入婚姻殿堂。施幼珍也是一位回城知青，端庄秀丽且性格温和，小宗庆后4岁，施幼珍毕业于杭州第八中学，下放在地处偏僻的黑龙江雁窝岛小兵团。相似的经历，共同的语言，很快使他俩走在了一起。1982年1月，女儿宗馥莉出生，这是上苍给予这个家庭最珍贵的礼物。

婚后的宗庆后又先后在电扇厂和纸箱厂历练，这些算不上真正成功的创业经历，为宗庆后后来饮料帝国的创业做了很好的预演与尝试。

时间推移到1987年，8年的供销阅历连同在舟山与绍兴的15年沉淀与积累，42岁的宗庆后已经完成了充分的创业能量积累，他迫切需要的是一个时机的出现……

八

机遇总是垂青那些有准备的人，宗庆后为此已经准备多年了。早在绍兴茶厂期间，他从《毛泽东选集》中汲取了丰富营养。比如"星星之火，可以燎原""农村包围城市"等理论，后来都被宗庆后借鉴运用到商业谋略中。"打土豪，分田地"的革命口号，对他的"喝了娃哈哈，吃饭就是香"简明广告语也有不小的启示。

宗庆后认为："人一生只有几十年，默默无闻也是过一辈子，做一点事业给后人留点东西也是过一辈子，我认为做事业还是比较重要。"

当机遇未到时，他有着极强的忍耐力，积极进行量的积累；当机遇到来时，他会毫不犹豫地扑向机遇，不错失一分一秒。但真正的机遇出现时大多是以困难面目出现的，只有像宗庆后这样有着火眼金睛般眼光的人才能认得出来。

1987年4月6日,上城区文教局召开选拔校办企业经销部经理大会,主持会议的是分管勤工俭学的傅美珍副局长。给出的条件:除了3个人,就是4万元经费,还有14万元的银行贷款,指标要求是当年实现利润4万元以上。这在当时是一个很高的目标,相当于人均年创利1.5万元。

面对巨大的创利压力,包括宗庆后在内的几位候选人一开始都没有立刻表态,会场除了抽烟,是一片出奇的寂静,在场的领导用咳嗽来缓解沉默带来的尴尬,希望有人能尽快站出来接招。

就在大家坐立不安的时候,宗庆后在众人聚焦的目光中腾地站了起来。"我干吧,不过当年创利4万元少了点,我可以保证上交10万元。"宗庆后充满自信地说道。

看得出他是有备而来,一旦真正的机遇出现,宗庆后就将其牢牢抓在手中,几乎不给竞争者留下任何机会。很快,宗庆后被任命为上城区校办企业经销部经理,就这样,娃哈哈的前身——上城区校办企业经销部在杭州清泰街160号开张了。

1987年5月1日,"杭州市上城区校办企业经销部"在清泰街的小楼前正式挂牌。正是这一年,作者通过高考来到江苏省淮阴供销学校计划统计专业学习,不知不觉中,作者与娃哈哈的缘分正在渐渐靠近。

3个人,50平方米的经营场地,10万元上缴利润的承诺,创业初期的艰难可想而知。刚开始时,他们的主要业务是向杭州市上城区各家小学推销文具、饮料及日常用品,所有的体力活自然落到唯一男士宗庆后的头上。

如今,宗庆后骑着三轮车送货的背影已经成为娃哈哈创业初期标志性形象。既然选择了方向,便只有风雨兼程!自此,宗庆后在属于自己的人生舞台上纵横驰奔，一往无前。

单靠利润微薄的文具，不可能完成一年上缴 10 万元利润的任务，宗庆后又做起棒冰和汽水生意。棒冰是杭州人夏天主要的消暑产品，但做冷饮赚的是辛苦钱，棒冰来时，需要迅速往冷库里卸货；客人要货，又要立刻把棒冰从冷库里搬出来。忽冷忽热，忽上忽下，宗庆后穿着妻子缝制的军大衣冲锋在前，激情四射，无怨无悔，15 年农场磨炼的健康体魄得到尽情展现。

九

1987 年的一天，"中国保灵"的一个经理找到宗庆后，希望经销部能代理他们的"中国花粉口服液"。在那个营养品疯狂流行的年代，在家长普遍为独生子女"小皇帝"舍得花钱的时代，宗庆后敏锐地意识到这是一笔大单买卖！

宗庆后了解到该口服液以纯天然花粉为原料，含有多种氨基酸、维生素、微量元素和活性酶等营养成分，对增强学生体质具有一定效果。

为了让消费者家庭减少开支，"中国保灵"采纳了宗庆后提供简装产品降低成本的建议，加之经销部校园渠道优势，"中国花粉口服液"突然之间销售一空，甚至到了供不应求的程度。

"中国花粉口服液"的脱销，让素有"营销之神"的宗庆后再一次嗅出了其中的潜在商机，宗庆后主动找到"中国保灵"，提出为他们代加工口服液的想法，厂方正为产能不足而焦虑，双方一拍即合！

1987 年 7 月 4 日，杭州市计划委员会下文批复同意建立"杭州保灵儿童营养食品厂"。3 个月后，一条日产 1 万盒口服液灌装生产线在清泰街正式运营，当年即生产 18 万支"中国花粉口服液"，产值超过

270万元。经销部成立一周年时，销售总额436万元，上缴利润22.2万元，远远超出了宗庆后承诺的10万元指标。

首战告捷！通过儿童营养液获得第一桶金后，宗庆后对未来的创业之路充满了足够的自信，展现在他脚下的是充满无限生机与希望的未来之路，经历生活反复历练的宗庆后开始起航了。"只有天空才是我们的极限"，宗庆后充满自信地说道。

十

"人生的道路虽然漫长，但紧要处常常只有几步，特别是当人年轻的时候。"这话出自柳青的《创业史》。亚洲首富孙正义面对人生转折点也说过："生命如此短暂，我不能等待。"（Life is short, I don't wait.）

英雄所见略同，宗庆后说："我相信任何一个人，在他一生当中，都必须随时准备在特定时间节点作出他自认的关键决定。"

有一天，在清泰街的车间里，宗庆后看着加工生产线上一瓶瓶输送过来的"中国花粉口服液"时，脑海突然闪出一个近乎疯狂的念头：我们自己为什么不能生产一种营养液呢？

《杭州日报》一则新闻报道，坚定了宗庆后打造自有品牌营养液的信心。报道说："中国学生营养促进会会长、著名营养学家于若木在日前的一次研讨会上透露，全国3.5亿儿童和中小学生中有1/3的人营养不良，仅浙江省8岁至12岁的儿童中就有47%的人营养不良……"

宗庆后还专门委托一家科研机构对3006名小学生进行一次调查，结果显示，有44.4%的小学生因为饮食结构等问题患有不同程度的营养不良症。这意味着有一半的孩子需要补充营养,这是怎样的一个庞大市场啊! 今天看来,宗庆后早在20世纪80年代就已经在运用大数据来指导经营决策了。

所有的成功始于行动而不是始于想象。带着做一款真正适合中国儿童的营养液的梦想,宗庆后开始属于自己的行动了。宗庆后首先带着5万元研究资金拜访了浙江医科大学的儿童营养专家——63岁的朱寿民教授,希望他能研制出适合儿童身体健康、促进孩子正常进食和消化的营养液。朱寿民教授长期致力于儿童营养问题的研究,对当时儿童营养普遍存在的营养不良问题十分担忧。朱寿民欣然接受了新营养品的研发工作。

宗庆后邀请的第二位专家是胡庆余堂的技术能手张宏辉。

胡庆余堂是清末"红顶商人"胡雪岩1874年创建的药堂,它和北京的同仁堂并称中国南北两家国药老店。相对于胡庆余堂这样稳定的国营企业,张宏辉对尚处于襁褓中的娃哈哈还是缺乏安全感。

宗庆后为此"三顾茅庐",发现张家四口人挤在不足30平方米的房子里,宗庆后当即决定将上城区文教局奖励给自己的一套三室一厅的房子送给了张宏辉。此举令张宏辉十分感动,从此扎根娃哈哈发展至今,现在是娃哈哈集团党委委员兼华东片区总经理。这是宗庆后早期创业期间用人唯贤的典型案例。

就在宗庆后着手新产品研发的时候,"中国保灵"公司的领导对宗庆后另起炉灶的做法十分不满。他们威胁说,如果不停止新产品研发工作,将会终止"中国花粉口服液"的合作。

面对压力,宗庆后没有退缩,他要求对方必须做出两个承诺:(1)保证产品一直畅销;(2)每年的加工利润提升一个层次。双方谈判最终不欢而散。面对一些上门做思想工作的好心人，宗庆后反问道："你们能理解一位 42 岁的中年人面对人生最后一次机遇的心情吗？"此时的宗庆后别无选择，唯有破釜沉舟、奋力前行了。

经过艰苦不懈的努力，朱寿民教授依据中医学及传统药膳食疗学说，在"药食同源"思想指导下，结合现代营养学理论和自己医学实践中的积累，很快炮制了包含桂圆、红枣、山楂、莲子、胡桃、米仁、鸡肝和"微量元素"的科学配方。通过张宏辉反复多次创新而成的蛋清凝固法后，一款全新的儿童营养液终于诞生了。

十一

有了产品，该给它起个什么名字呢？宗庆后开始在《杭州日报》进行"有奖征名"。许多消费者目光立刻被吸引过来，应征作品纷至沓来，这正是宗庆后创业初期"非常营销"的尝试。

宗庆后认为营销不仅要点子，还要有些浪漫和时尚的感觉，需要有诗意和想象力。当杭州市上城区少年宫主任朱松龄报送的"娃哈哈"出现时，立即令宗庆后眼前一亮，情不自禁地哼起了那首传唱已久的新疆儿歌：

"……

娃哈哈，娃哈哈，

每个人脸上都笑开颜。"

"好，就叫娃哈哈！"宗庆后的拍板，标志着娃哈哈作为一款著名饮料品牌从此诞生。

俗话说："一个好汉三个帮。"既获得朱寿民、张宏辉两位专家支持后，宗庆后又认识了一位对他后来创业起重大作用的顾馥恩。顾总是杭州一家知名制药厂退休的高级工程师。正是在她的指导下，宗庆后带领创业初期的娃哈哈人用一个月时间完成通常半年时间才能完成的生产线改造工程。

  1988年10月20日，这是娃哈哈人值得永远铭记的日子。娃哈哈儿童营养液正式投产！望着从生产线上源源不断传送下来的"娃哈哈"，心中骤然响起那首浓郁维吾尔风情的民歌《娃哈哈》，"我们的祖国是花园，花园里花朵真鲜艳……"宗庆后再也控制不住内心的激动，任由泪水不住地流出来……

（本文创作于2017年5月）

玉祥门随想

2018年秋,我被调到西安驻点招商。因办公地点紧邻明城墙,我便经常穿梭在玉祥门内外。门内是莲湖西路,门外称大庆路。玉祥门与冯玉祥将军有关,这是我知道的。除此以外,我实在是知之甚少。

终于,在一个飘雪的午后,我与老夏一同登上明城墙,在玉祥门完成一次穿越时空的对话。老夏是我们宿迁老乡,西安大学地理系教授,居住西安20多年,对西安古城的历史演变有着独特的理解。在老夏一番娓娓道来中,我知道玉祥门的由来,对明城墙的历史也有了新的认知。

原来,西安明城墙有东西南北四个主城门,分别是长乐门、安定门、永宁门和安远门,尤以南面的永宁门建制最高,且保存风貌完好。玉祥门是18座城门之一,民国时期,为纪念冯玉祥解围西安而建。

1926年,河南军阀刘镇华带领镇嵩军围困西安达八月之久,城内杨虎城和李虎臣"二虎守长安"艰难支撑。关键时刻,冯玉祥将军接受李大钊建议,率国民联军进入陕西,在内外夹击下,镇嵩军溃败,西安城得以解围。

西安明城墙是我国现存规模最大的古代城垣，全长近14公里，始建于明太祖洪武三年，是朱元璋"高筑墙、广积粮、缓称王"的时代产物。

"那就是丝绸之路的起点。"顺着老夏引导的方向，我看到张骞出使西域的塑像立在玉祥门外。张骞眼神坚定，策马扬鞭，随从紧随其后，全都意气风发，呈现两千年前出征西域的情境。我仿佛看到一队人马正由此而去，骏马啸啸蹄奔，后面扬起阵阵尘土。

公元前139年，张骞率队从长安出发，傍昆仑西行，出玉门折北，途经高山溪流和大漠戈壁，曾被匈奴两次扣留，均不忘出征使命，风餐露宿，千辛万苦，终于趟出了影响深远的丝绸之路。

想到张骞13年西域丝路奔波，我忽然觉得宿迁距西安并不遥远。在如今的高铁时代，两地不过五小时车程，比起张骞当年的漫漫征途，两年的驻点招商算什么呢？我们千里驰行西进，原以为是一次遥远的旅程，却仅仅是来到丝绸之路的起点，心中便生发出无限的感慨。

看到我若有所思地皱眉，老夏拍拍我的肩膀说，西安是千年古都，到处都是历史文化古迹。说着，他引我转身向北继续介绍，"这里是广仁寺，我国唯一的绿度母主道场，也是陕西唯一藏传格鲁派寺院。"我抬头望去，果然见到熠熠闪光的大殿金顶。"哦，我想起来啦！"没等老夏缓过神来，我继续说："当年八国联军进攻北京时，慈禧太后一路西逃，曾到西安广仁寺避难，这在史书上是有记载的。"

我们又向城内望去，在错落有致的建筑群中，见到一处别致的塔楼。老夏说，那是钟楼，西安城市中心的标志。我感叹了，又提到大雁塔。老夏向南找了半天，向我大体指了指方位。我顺着寻了，却怎么也找不着，忽见远处一道雄伟的山脉在云雾中时隐时现，如游龙穿云而行。老夏说，那便是秦岭，中华民族的龙脉，若在晴朗的天气，还可以清晰地看到秦岭的容貌呢。

老夏更加来了兴致，向我介绍说，宿迁与西安同属秦岭淮河一线，地域相似，人文相通，自古以来就有着千丝万缕的联系。老夏说，陕西"三秦大地"的称谓，还源自咱宿迁项羽当年的分封呢。面对我一脸惊愕，老夏解释说，项羽灭秦后，自立西楚霸王，定都彭城，将原来的秦国一分为三：将秦岭一带陕南交给雍王章邯管理，将关中一带交给翟王董翳管理，将陕北黄土高原交给塞王司马欣管理。至此，陕西便冠以"三秦大地"的美名了。

看到老夏如此的家乡情怀，我也按捺不住地附和起来。我说，西安历史文化底蕴丰厚，文化旅游产业很具特色。比如，陕西著名的乡村旅游地袁家村，集美食、民俗、休闲娱乐于一体，年接待游客量超过500万人次。通过多次沟通洽谈，袁家村与我们宿迁市宿豫区达成合作意向，在杉荷园投资15亿元建设袁家村宿迁印象项目，这将给我们宿迁的文化旅游产业带来积极的影响。老夏若有所悟地说，西安集聚了西安交通大学等众多知名高校，你们还可以通过招才引智促进宿迁经济发展。

雪越下越大，我和老夏都紧一紧衣袖，继续漫步在古城墙上。天地间白茫茫连成一片，喧嚣的古都渐渐沉寂下来。老夏突然诗意大发，随口吟到："千里黄云白日曛，北风吹雁雪纷纷。"我立马接上:"莫愁前路无知己,天下谁人不识君。""哈哈哈……"爽快的笑声在明城墙上空回荡着。

回首望去,玉祥门与张骞雕像远远落在大雪深处,由此生发的联想却在我们心中蔓延开来。

(原载于 2021 年 11 月 16 日《宿迁晚报》)

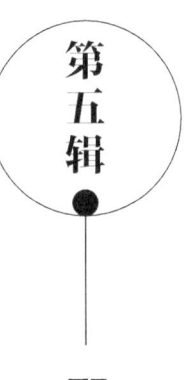

第五辑

那些梦，那些真……

- 孔大伟的序章
- 激情招商，亲情服务
- 朋友，你来过宿迁吗？
- 绿色葡萄梦
- 我的招商梦想
- 梦想还是要有的

梦想还是要有的

马云说:"梦想还是要有的,万一实现了呢?"招商与我注定今生有缘。1987年,我在埠子中学高考复读,考取了淮阴供销学校计划统计专业,1989年毕业后分配到来龙镇财政所工作。1992年1月,载入史册的邓小平南方视察改变了许多人的人生航线。一个春天的故事也让我萌发了招商引资的梦想,立志为家乡宿迁引进一个海外大企业!

1992年,《新华日报》一则中缝招聘广告,促成我成为南京《科技与经济》编辑部兼职记者,主要工作就是为寻求海外合作的企业牵线搭桥。大约折腾了两年,我利用业余时间跑遍了原淮阴市大中型企业,虽未取得实质性进展,却练就"敲门招商"的基本功,即在未预约的情况下如何突破门卫找到办公室主任,再如何通过办公室引见企业老总,这为后来专业从事招商工作打下很好的基础。

1996年10月,地级宿迁市成立,我有幸成为新组建的宿豫县顺河镇第一任财政所长。1998年10月,省级宿迁经济开发区成立。1999年7月,宿迁经济开发区面向全市公开招聘5名招商人员。当时,我正在洋北镇财政所任所长,几乎是在见到招聘信息后第一时间报了名。经过笔试、面试及一个月试用后,我终于成为一名正式的招商工作者。可以说,地级宿迁市的设立圆了我的招商梦。1999年9月30日,我终于等来了宿迁经济开发区的正式录取通知,这一年我33岁,从此拉开了长达18年的专业招商序幕。

招商难,招大商更难。招商生涯让我尝尽酸甜苦辣,有努力后失败的酸楚,亦有招商成功后的喜悦。其中娃哈哈项目的传奇经历可称之为神来之笔,本来在2002年第一次招商中,娃哈哈选择了距我们仅120公里的江苏省徐州市,其缘由主要是徐州市具有更为便捷的交通和较大的市场优势。

公元前202年的楚汉相争,宿迁的项羽败给了徐州的刘邦。公元2002年的娃哈哈项目招商宿迁再次败北,难道是历史的宿命使然?"机遇在犹豫中消失,差距在等待中拉大。"经过一天一夜的思路调整,我再次燃起对娃哈哈项目的招商梦想,决心整合资源背水一战。历经3年的坎坷经历,经过市领导及开发区广大同仁的一致努力,终于实现了娃哈哈在宿迁投资的梦想,将"不可能"改写为"不,可能"。

激情招商,亲情服务。我曾经在一个夜深人静的夜晚在西子湖畔大声呼喊:娃哈哈,到宿迁去!也曾在天安门城楼默默许愿:汇源,到宿迁去!无数次的激情演绎,留下了许多美好的招商回忆。淮阴供销学校八七统二班王宁老师在毕业20周年活动中给我的留言是:"天天娃哈哈,夜夜盼蒙牛。"一路招商,一路思考,《招商梦》以作品发表时间为序,收录了我20多年招商等方面的感悟与体会。通过具体案例提炼招商的经验与教训的《招商梦》,相信对招商追梦人会有一定的借鉴和启迪意义。

(本文创作于2015年2月,是散文集《招商梦》的自序。)

我的招商梦想

中国梦，流淌在沧桑的岁月里，有汉唐盛世的辉煌，亦有晚清衰败的耻辱。随着中国奥运会、世博会的成功举办，神州、嫦娥的陆续飞天，中华民族伟大复兴的梦想又一次激发出前所未有的活力。有梦的民族是有前途的民族，追梦的人生是有色彩的人生。中国梦其实和我们每个人的梦想紧密相连，我们个人的梦想也正是中国梦的重要组成部分。这里，让我和大家一起分享我的招商梦想……

那是1999年，33岁的我怀着对招商的执着与梦想，离开了较为优越的财政工作，来到充满挑战的开发区招商主战场，招项目、招工业大项目成为我当时最迫切的梦想。

2000年下半年，我通过网络在中国工业500强中优选了海尔、娃哈哈、双汇、汇源等20家重点企业进行信函招商。娃哈哈集团回函说"对不起，今年没有投资计划"，这个婉言谢绝的回复却引起了我的关注。"今年没有计划，说明明年可能有计划。"从此，一个极具价值的重要招商线索被我牢牢抓住了。

2001年5月19日，我揣着市政府的邀请函，只身来到杭州娃哈哈集团敲门招商，整整等了一个星期，总裁助理施惠明总算答应见面。抓住这个难得的机会，我把宿迁的基本市情、投资环境、优惠政策在半个小时内如数家珍般倒了出来。从此,娃哈哈投资苏北的意向中又增加了宿迁的选项。

随后,一个以《满天星星不如一个月亮》为题的娃哈哈项目分析报告被呈报上去,市委、市政府主要领导迅速作出重要批示。从此,娃哈哈项目招商被推上了快车道。

2002年7月,娃哈哈总裁宗庆后等集团高层踏上了宿迁大地,宿迁市委、市政府主要领导亲自接待,《宿迁日报》报眼欢迎辞以及娃哈哈饮品接待的细节,让这位知名企业家感受到了宿迁的亲商热情和招商决心。

然而,10天后《扬子晚报》一篇《娃哈哈项目落户徐州》的新闻报道犹如一盆冷水把我从头到脚浇了个透。"为什么?为什么会这样?"我躺在床上一遍又一遍问自己这个没有答案的问题。经过电话得知,娃哈哈一般在每个省份只建一个工厂,主要是为了降低其运输成本,徐州建厂后,宿迁的投资机会几乎是不可能的。但是,经过一天一夜的思路调整,我认为,宿迁生态环境优越,水质优良,投资政策优惠,完全符合饮料企业投资办厂的条件,就这样,我的娃哈哈招商之梦被再一次点燃。

为了尽快促成娃哈哈项目落户宿迁,我开始注重更多的资源整合。经了解,《中国食品质量报》副总编李树标与宗庆后私交甚好。当得知李树标2004年回泗洪老家过春节时,我顾不得大年三十路上的积雪,驱车前往泗洪拜见。被我诚意所感动的李树标答应帮忙做工作。从此,宗总的手机经常接到来自北京的声音:建议他到宿迁投资建厂。

经过多方打听,我得知宗庆后1945年10月12日出生于宿迁的东大街,他的父亲宗启騄、母亲王树珍在抗战期间曾在宿迁生活了数年,老人的思乡情结成为宿迁招商的新纽带。

2003年"非典"期间,我从自己家里拿出1800元给娃哈哈徐州分公司工人送去口罩、肥皂和洗手液。分公司总经理罗继伟拉着我的手说:"徐州市政府没想到,你们却想到了,太谢谢了!"

2003年9月,娃哈哈产品因广告宣传被外地某工商局催发罚款单,接到求援电话后,我立即和开发区纪工委书记李前聪赶往现场沟通,经过多方协调,对娃哈哈的罚款和网上通报最终被取消。此举震动了娃哈哈高层,因为类似事件花费了他们3个人半个月的时间,而宿迁从接到电话到处理结束仅用了5天时间。功夫不负有心人,宿迁锲而不舍的招商精神赢得了娃哈哈核心决策层的认可,投资部主任顾小洪感慨地说:"江苏如再有投资计划,当首选宿迁!"

时间推移到2004年,娃哈哈项目招商到了第5个年头,多年无功而返的招商给我带来了巨大的思想压力。面对他人的冷嘲热讽,我犹豫过,彷徨过,这时,妻子那句"放弃比失败更丢人!"深深地震动了我,激励着我继续坚持我的招商梦想。

经过慎重考虑和冷静分析,2005年初,我主动向管委会领导立下军令状:如果今年娃哈哈还不能招商成功,我愿接受组织处分!不给自己留后路的我准备背水一战。

想起几年来招商的一幕幕,我记忆犹新。曾经一个阴雨绵绵的日子,我围着娃哈哈下沙基地300亩厂区外围转了两圈,并面向钱塘江默默许下我的招商梦想。杭州西湖边上有个孤山小径,那里有个空谷回音,一个夜深人静的夜晚,我独自对着宝石山高声呼喊:"娃哈哈,到宿迁去!到宿迁去!……"充满激情的回声在西子湖畔久久回荡。

为了促使项目尽快落户宿迁,2005年,市主要领导三次赴杭州与娃哈哈高层洽谈、磋商。精诚所至，金石为开。2005年8月17日，宗庆后再次踏上了宿迁这片热土，距离上次项目失败整整3年。此次，宗庆后直接到开发区为娃哈哈新公司选定地址，2个亿的巨额投资被当场拍板。娃哈哈集团从不在500公里半径重复建厂的铁规从此被打破，宿迁人用自己特有的招商方式将"不可能"变为"不！可能！"半年后，一座崭新的现代化厂房拔地而起，中国饮料行业龙头老大"娃哈哈"的产品终于刻上了宿迁的名字。

"我爱民族品牌娃哈哈，我爱绿色家园新宿迁！"娃哈哈与宿迁的结缘是我一生中最美丽的招商梦！今天，宿迁帮办文化被娃哈哈集团高度认可，并通过分公司传播到全国各地。宿迁娃哈哈已经成为年产值15亿元、年纳税超1.5亿元的重点企业。每每看到当初的梦想成为现实，心中不由感慨万分，激动不已。如今，"中国梦，我的梦"在神州大地激荡传诵，已经成为凝聚中华民族团结一心、奋勇前进的强大动力。当前，宿迁市正在开展的特色产业招商活动，正是引领我市朝着全面小康社会迈进、实现美丽宿迁梦的重要举措，作为一名招商人，我愿为我市千亿级食品产业之梦继续做出应有的努力！

【背景介绍】2013年12月14日，江苏省委党校2011级研究生宿迁班举办"中国梦，我的梦"演讲比赛。由于是亲身参与招商的感悟，作者凭借《我的招商梦想》，用真情实感打动在场的观众和评委，获得演讲比赛第一名，江苏卫视《非诚勿扰》嘉宾、江苏省委党校教授黄菡女士上台颁奖。

绿色葡萄梦

一个风和日丽的上午,我陪客人参观洋河新区农业嘉年华项目。江苏润易科技的巨峰葡萄园内人头攒动,一串串晶莹的葡萄像是有意向游客展现各种风采,千姿百态,煞是好看。整个园内欢声笑语,一派生机盎然的景象。此情此景,勾起我三十多年前一个绿色葡萄梦的回忆。

我念初三的暑假期间,读到《新华日报》一篇"谷牧三赞王继曙"的报道。报道说的是赣榆县城头乡大河东村王继曙,带领村民引种巨峰葡萄成为远近闻名万元户的事。文中提到他种出的葡萄有鸡蛋黄那么大,正是这句话引起了我的兴趣。我当即提笔给王继曙写信,希望能前去拜师学艺。没想到,一周后我真的收到了王继曙的回信,一方面对我表示感谢,同时热情邀请我前去他家参观考察,还说中央电视台正在他家拍摄立体种植的宣传片。

一颗躁动的心在十六岁少年的胸腔跃动,通过正常渠道外出是不可能得到家长同意的,于是我与同村的同学启民密谋拜师学艺计划:我负责筹集经费,启民陪我一同出发。

我将妈妈放在床垫下的六十元倾囊拿下,略有犹豫后还是放回十元夹在书本中,我知道这是家人卖春蚕茧的全部所得。

七月中旬一个下午,天空灰蒙蒙的,我和启民相约在埠子北头车站会面，匆忙中，我仅带个旧旅行包和王继曙的信件。为了节约途中开支，我在车站旁的老王家赊了一块大饼。上车时，启民却开始动摇了，他说他不去了。临行，我请启民向我爸妈说清楚拜师学艺的事，特别要讲清楚那五十元钱是我拿的，三后天我会回来的。

人生第一次说走就走的旅行就这样开始了。为了便于寻找合理线路，我在宿迁新华书店购得一本《江苏省地图册》。线路很快确定下来，宿迁—沭阳—东海—赣榆。此时，原来一张完整的五十元新票子变成了一沓半新不旧的碎钱了。

到了车站一看，不好！开往沭阳的最后一班车已经开走好一会了，最早的是明天早上六点班车，住在哪？住旅馆是要花钱的，我四处游荡不知所终，竟想起《创业史》中的梁生宝来，我是没有在车站过夜的勇气，光是蚊虫就够受的。我突然眼前一亮，我临家余姓大姐就住在宿迁城里，不妨借宿一宿，左打听右打听，终于在晚饭时间摸到大姐家。余大姐一家对我的不速而至先是惊讶，弄请来历后又热情接待，她家的碗实在太小，我喝了三碗稀饭后不得不说饱了，因为我看见锅里已经不多了，而且姐夫才喝了一碗呢。次日凌晨，大姐夫把我叫醒，骑着摩托将我送到宿迁北站后，又匆忙地赶去上班了。

在沭阳汽车站候车室内，到东海的班车需要再等上一个半小时，我一时来了兴致，拿出笔来在留言板上写下：到此一游！到达东海车站后，又没能赶上开往赣榆的班车，看来，必须在旅馆里过上一夜了。在东海牛山镇街道上一个人漫无目的地走着，一边走一边掰着剩下的大饼吃，到底是夏天，才两天，大饼已经是馊味十足了。终于在一个小巷的拐弯处寻到一个实惠的旅舍，每晚一块五毛钱，却是六个人一起睡的大通铺。

临铺是个唱大鼓的，我进屋时，他正在口若悬河地向其他人说书，见我进来,他突然停止了讲话,不住地向我打量起来,其他人也都向我望。一时间屋内静悄悄的,弄得我手足无措起来,我慌忙地来到六号铺躺下,眼睛故意避开他们。

"是被家长揍跑出来的吧?"说书的终于说话了,却是冲着我来的。我是最希望他们忽略我,却一下成为焦点中心,我很不自然起来,"不是的,我是走亲戚的。"我竟随口撒起谎来。"嗨!别哄我,我见多了。几年前,我也遇到过一个小孩,被家长揍,离家出走,我收他为徒,一年后,手艺学成了,我又把他送回家,现在可吃香啦!"说书的继续他的说服工作。

看我不吭声,他竟走过来挨着我坐下了,"不妨拜我为师,学成后,我保证再将你送到你父母手中。"说书的似乎对我别有所图,我急中生智,将旅行包打开给他看,除了半块馍饼什么也没有,我坚持说是走亲戚的,累了歇歇,明天再走,钱也没有了,问他能否借点给我?至此,说书的再也不与我搭腔。

第二天早上,我在睡梦中被说书的梨花板叮叮当当吵醒,简单洗漱便来到街上吃早点,饼实在是馊得难闻,不得以还是扔了。早点却是奢侈了一把,三根刚出锅的油条两碗辣汤下肚,解馋!过瘾!拍着撑饱的肚子,哼着小曲,我又开始了拜师之路。

在赣榆县城街头,我第一次知道小车比大车票价贵,为了能尽快赶到城头乡,我向路边"地老鼠"询价,四十块!妈呀,大班车仅几块钱,小车几十块,地老鼠一个劲跟着我喊"走吧!走吧!"我说没有钱,他才作罢。

在城头乡赶往大河东村的土路上,不时看到稻田里劳作后晚归的人们,只要提到王继曙,大家都热情指路。看来,劳模在当地影响力果然是名不虚传。赶到王继曙家时已经天黑了，一家人正围在一起吃晚饭，在说明我的来意后，王继曙赶忙招呼我坐下一起吃饭。老王笑呵呵地摸着我的头，还说没想到我这么年轻，以为我是一个青年农民呢，怪不得回信称呼我为"同志"。因为我的到来，桌上临时加了一盘韭菜炒鸡蛋。

当天晚上，我被安排在距王家隔几户的单独院落里过夜。这家人是为躲避计划生育处罚已经有几年没回来了，所以院内杂草丛生，虫声四起，还有几只萤火虫在院内上下飞舞。堂屋倒也干净，屋的东间房应该是房主人的卧室，已被打扫得干干净净，蚊帐也像是刚挂上去的。王继曙将我领进房内，点着蜡烛后便走开了。偌大院落立时就剩下我一个人，再看窗外黑乎乎的一片，一种恐怖感顿时袭来，啊，这一夜应当是比较难熬的。很快，门口又传来脚步声，原来王继曙安排他侄儿与我做伴，真是令我喜出望外。王继曙侄儿比我小几岁，小家伙似乎特别好奇，不断向我问这问那，埠子有没有老虎啊，宿迁是否通火车，等等。我实在是累了，答案是清一色的"有"，后来就迷迷糊糊地睡着了。

第二天早饭后，王继曙亲自领我参观他的庭院经济。他家前后两个院落都被巨峰葡萄架覆盖在一片绿荫下，一大串一大串葡萄缀满院落，架下种植的是不喜阳光的中药材，药材旁的水塘内养殖黄鳝和泥鳅，这就是报纸上宣传的"立体种植"模式。

临走，王继曙送我两大串巨峰葡萄和20株巨峰葡萄小苗，最重要的是一本老王自己编写的《巨峰葡萄种植技术手册》，所有这些分文未取。我呢，将《江苏省地图册》作为回馈礼物，带着满满的收获踏上了返程道路。

根据王继曙的建议，我没有按原路返回，而是取道东海坐火车至新沂，再从新沂坐汽车到宿迁。到宿迁下车时，已经没有往埠子班车了，身上仅剩两块多钱。此时,我已归心似箭,于是决定步行回家。

当走到三棵树大街时,天已经彻底黑透了,还好,天边挂着一轮皎洁的月亮,好像有意怕我走夜路似的。又渴又饿的我,在路旁瓜摊上吃两丫西瓜便继续赶路,走到半路实在是走不动了。整个身体像是散了架,一只凉鞋被磨断了一只带子,既不方便走路又磨脚疼。而且路两旁的芦苇在微风吹拂下"沙沙"作响,确实有些吓人。我决定壮着胆子尝试搭人便车。这时从后面过来一辆骑车人,快到我跟前时,我赶忙"唉"了一声,没想到骑车人向我望了一眼,不仅没停车反倒加速跑开了,一边骑还一边回头向我张望,连续两次努力均未成功,难不成他们担心我是打劫的?我想着想着心里便笑开了,我怕鬼,也有人怕我,于是,抖擞精神便继续我的行程。

后半夜,终于快到家了,我却踌躇起来,偷了家里五十块钱不说,光是不辞而别就够揍一顿了。小学时,我因为逃学就已经领教老爸的棍棒之威了。正在思考间已到家门口,正准备敲门,才发现老爸蹲在大门旁睡着了。哦,老爸为了等我根本就没睡啊,我鼻子一酸,泪水从我眼中夺眶而出。"爸啊,这里不冷吗?"老爸慢慢站起来,看到是我时,赶忙朝屋里大喊:"快弄饭,景儿回来了!"这是喊妈妈给我做饭呢。

第二天,我将两串葡萄分给全村人品尝后,便按照栽培技术手册指导要求,一五一十地将20棵巨峰葡萄苗在自家院内栽上了,培垄浇水,严格按技术要求办,爸妈和启民也过来帮忙。一个月后,两排葡萄苗在我的精心呵护下,长势十分喜人,我的绿色葡萄梦似乎越来越近了。开学后,我便开始我的高中生活,家人也各自忙自己的事,不知谁家的一群小鹅跑到我家院内,将正在生长的葡萄苗糟蹋殆尽,我的葡萄致富梦就这样碎了。

虽然没有种成葡萄，但这次拜师学艺之路还是给我很多启发，比如葡萄和药材与黄鳝在院内同生共长，其实是资源整合和融合发展的原理，途中的经历也磨炼了我的毅力，这为以后的招商生涯提供了有益的养料。

江苏的润易科技葡萄园引起我少年拜师学艺的回忆，王继曙现在怎样？按说他老人家也应该近九十高龄了。带着感恩与一丝好奇，今年初，我利用周末再去拜访王继曙，我说走就走，自驾开车，至城头乡仅用两个小时。由于村庄规划调整，再问大河东村王继曙家已不如当年容易了。找到他家时又到深夜，刚敲几下门，院内便犬声大叫。不一会儿，一位中年男子披衣开门，问明来历后，他只说："家父已去世，我们家也不种葡萄了，还有什么事吗？"我一时语塞，大半夜的，天也很冷，我说什么呢？不便再打扰，搁下一篮宿迁产的巨峰葡萄便匆匆告辞了。

这便是我十六岁的绿色葡萄梦，正是我的平凡世界。

（原载于2020年第一期《楚苑》）

朋友,你来过宿迁吗?

朋友,你到过宿迁吗?宿迁是1996年7月经国务院批准设立的地级市,辖沭阳县、泗阳县、泗洪县、宿豫区、宿城区、宿迁经济开发区、湖滨新城、洋河新区和苏州宿迁工业园区,总人口590万、面积8555平方公里。如果你愿意,我陪你到宿迁去转一转。

一、历史悠久,人文荟萃

据考证,宿迁是世界生物进化中心之一。在淮河岸边,5万年前便有先人逐水而居,宿迁被称为"下草湾人文化遗址"。相传夏、商、周三代,古徐夷族在此生息。西汉时期,江苏境内主要有三个封国,即徐州地区的楚国、扬州地区的广陵国和宿迁地区的泗水国。公元前113年,古泗水王国在此建都,传五代六王,历时132年。秦代置下相县,东晋设宿豫县,唐代宗宝应元年,为避代宗李豫讳,改称宿迁至今。在绵延的历史长河中,宿迁培育了无数光照史册的英雄人物。西楚霸王项羽和夫人虞姬演绎了气吞山河、流传千古的"霸王别姬"故事。清末民族英雄杨泗洪、现代摄影大师吴印咸和京剧表演艺术家宋长荣、知名企业家宗庆后,都是宿迁人民的好儿女。

二、区位独特，交通便利

自古以来，这里便有"北望齐鲁、南接江淮，居两水（即黄河水、长江水）中道"之称。境内高速公路达到220公里，京沪、宁宿徐高速公路纵贯南北，徐宿淮盐高速公路横穿东西。205国道、京杭大运河、新长铁路穿越境内，市区西距徐州观音国际机场60公里，北离连云港白塔埠机场100公里。宿（宿州）宿（宿迁）淮（淮安）铁路贯穿东西，规划中的京沪城际高铁复线穿城而过。

三、资源丰富，物产丰饶

宿迁境内平原辽阔、土地肥沃，是著名的"杨树之乡""名酒之乡""花卉之乡"。宿迁是全国唯一拥有洋河大曲、双沟大曲两个酒类"中国驰名商标"的地级市，洋河美酒早在1915年就获得巴拿马国际博览会金奖。宿迁盛产粮食、棉花、油料、蚕茧等，是优质农副产品产区。宿迁又是全国著名的平原绿化先进地区，活立木蓄积量1000万立方米。宿迁还是江北的"水乡"，水域面积350余万亩，全国四大淡水湖之一的洪泽湖湖水清澈、"日出斗金"；烟波浩渺的骆马湖水质达到常年二级水质标准；京杭大运河、古黄河穿城而过，河湖内盛产银鱼、青虾、螃蟹等50多种淡水产品。

四、风光秀美，生态优越

清代乾隆皇帝六下江南五次驻跸宿迁，赞叹宿迁为"第一江山春好处"。乾隆行宫重檐斗拱，金碧辉煌，是京杭大运河沿线保存最为完好的皇家建筑群。西楚霸王项羽出生地项王故里，建筑古朴，宏伟庄重。

项王手植槐历经两千年风霜雨雪，至今仍然枝繁叶茂，是江苏省最古老的一棵树。洪泽湖、骆马湖以及古黄河风光带、大运河风光带风景宜人。建市以来，宿迁加快建设集湖光山色、运河景观、黄河新姿、人文景色于一体，森林式、环保型、园林化、可持续发展的湖滨特色生态城市，是中国优秀旅游城市、国家园林城市。

五、环境宽松，政策灵活

宿迁是全省唯一的"经济社会发展综合改革试点市"。在省委、省政府的大力支持下，宿迁积极吸纳和借鉴国内外先进的经验，全面推进放开搞活，积极创造"创业最宽松、社会最文明、人居最安全"和"低交易成本、低生产成本、低行政成本、低社会成本"的"三最四低"投资环境。2005年，宿迁被评为"中国（浙商）最佳投资城市"，2006年荣获"中国城市管理进步奖"和"中国城市旅游竞争力百强城市"称号。国家级宿迁经济技术开发区，行政管辖面积108平方公里，已集聚娃哈哈、汇源、蒙牛、康师傅等众多知名企业，食品饮料、智能家电和光电"2+1"特色产业正加快发展。热忱欢迎四海宾朋来宿迁创业，大展宏图！

朋友，宿迁的迷人景象何止这些？！不论是湖光山色，还是园区市貌，处处有靓丽的美景，处处有喜人的变化。宿迁有三宝：改革、青春、生态好！如果哪天你有豪情到宿迁观光考察，临行前别忘了通知我一声，也许我能给你当一个不一样的向导，去触摸古老的历史，去展望美好的未来！

（本文创作于2015年5月）

激情招商　亲情服务
——谈大项目招商的感悟与体会

自 1999 年从事招商工作以来，我已经在招商一线摸爬滚打 20 年。我将从七个方面分享招商感悟与体会，希望能给从事招商的同志带来一些启示。

一、如何获取有价值的招商线索？

作为招商人，首先要明白招商引资的概念。顾名思义，招商引资就是招来客商吸引资金。简言之，就是地方政府将境外或市外企业引进到本地进行投资，一般有工业、农业、商业和现代服务业等项目。

为什么要招商引资？主要是为了促进地方经济发展，通过更多的项目在本地投资，可以带动当地居民的就业和政府财政收入的增长。品牌的入驻，还会带来企业文化和创新的管理理念，从而促进一个城市的综合品质的提升。

获取线索是开展招商的第一个环节。2000 年，我通过娃哈哈的瓶子找到联系电话。电话打过去，对方却以为我是想买娃哈哈产品，原来那是人家销售公司的电话。我说我是招商引资的，销售公司把我的电话转到办公室，通过办公室终于找到了投资部。投资部老郑给我的回复是：

"非常抱歉，董事会刚刚开过，我们今年没有在江苏的投资计划。"这个看似婉言谢绝的电话，我却从中发现了商机，因为今年没有计划，那么明年呢？后年呢？从此，我便把这个招商线索牢牢地抓住了。

在互联网时代，我们再也不用以上传统的获取招商线索的手段了。微信朋友圈、新闻媒体、接待应酬等各种渠道，只要我们做有心人，都可能获取有价值的招商线索。

二、如何跟踪洽谈？

当获取招商线索后，跟踪洽谈便成为招商的重点，我以娃哈哈项目招引为例。2004年，娃哈哈产品宣传中因冠有"绿色食品"而被苏北一个县工商局发函罚款50万元，理由是"绿色食品"已被注册，此举涉嫌侵权。投资部主任顾小洪打电话给我，希望我帮他们协调解决这个问题，我说可以。其实接受这个任务后，我也很迷惘，因为这个项目并没有在我市投资，不方便向市领导汇报，于是我将此事向经开区分管领导李书记汇报。李书记带着我到省工商局市场处去协调，罚款变成了10万元。当把这个结果打电话给娃哈哈总部时，他们根本不领情，他们说罚款50万和罚款10万元对他们来说基本上没什么区别，他们的要求是不罚款。

接到这个电话后，我们带着开发区管委会的函，径直来到这个县工商局局长办公室，不解决问题坚决不走。我说通过网上了解，"绿色食品"属于公有名词，不应该被注册，也就是说罚款是站不住脚的。我说，我们正在对该项目进行招商，都是大苏北的，希望贵局能给予理解和支持，免于处罚。最后，这位工商局局长深受感动，表示仅罚款2000元便销案。我说2000元钱我给，能不能与娃哈哈说不罚款。最后，工商局同意了。当然，这2000块钱最终还是还给我了。当时，这件事彻底感动了娃哈哈高层，顾小洪当时就表态：苏北如再有投资计划，当首选宿迁！2005年，在第一次招商失败的三年以后，我们终于迎来了娃哈哈两条热罐装饮料生产线，彻底打破了他们在300公里半径不重复建厂的先例。

这个案例表明，项目跟踪洽谈一定要有坚强的毅力，当我们遇到挫折时，哪怕有1%的希望，也要付出100%的努力。现在正值新型冠状病毒疫情时期，我们仍然可以通过传真、微信、电话、邮箱等不见面手段与客商保持沟通与联系。互联网时代，疫情阻断不了我们交流合作的步伐，阻断不了我们开展招商引资工作的节奏。有时"雪中送炭"比"锦上添花"更为重要。

有的招商人员在项目洽谈时，当听说对方迫切投资时，就热情接待；当听说对方暂无投资计划时，就立马晴转多云，脸色难看，且工作激情也没有了。这是很不合适的做法。无论对方是否表态投资，我们都要一如既往地以朋友接待，这才是一个招商人员应有的做法。请记住：先交朋友，后谈项目。

三、如何推介投资环境？

一般来说，客商比较关注的是交通区位、水电路等硬件配套、原材料和市场情况，以及当地的营商环境。往往，一些地方偏向于硬环境建设，却忽略了软环境建设。其实，客商对一个地方的软环境是相当重视的，尤其是政府的诚信度和政策的连续性。所以，我们要软硬环境一起抓，坚持有诺必践，打造一个诚信建设体系。

一个地方的城市建设和文化底蕴也会影响招商工作，比如宿迁市在全国文明城市评比中连续获得第一名,在投资客商中产生良好的口碑与影响力。有的客商正是通过新闻联播的报道中了解宿迁的,正是这种美誉度和知名度促成一批客商前来考察洽谈。

南京市市长借用三个"别名"推荐南京,给大家留下深刻印象。第一句话,要财富来南京!南京又称金陵,是一个埋金藏银的宝地。这里虎踞龙盘,钟灵毓秀,选择南京,就是选择财富,选择发达。第二句话,爱生活来南京!南京又称建康,是一个生态宜居的美地。这里江阔水清,绿树成荫,选择南京,就是选择健康选择舒心。第三句话,想成功来南京!南京又叫建邺,是一个建功立业的福地。这里空间巨大,机遇众多,选择南京就是选择成功,选择未来!

山西的万荣县盛产优质苹果,全县有35万亩苹果园。为了解决果农的卖果难,县委书记八次进京到汇源总部招商,但项目始终没有落户。这个县委书记真的有办法,他从文化入手,从网上把"汇源"商标调出来,把商标刻在黑色塑料薄膜上,在春季挂果时,安排果农套上薄膜,被太阳晒到的自然变成红色。结果,到了秋天,苹果上便"长"着汇源的商标。于是,县委书记拉着一车"长"着汇源商标的苹果到北京汇源总部招商。到那儿,他把朱新礼董事长请到楼下,指着一车苹果说,"朱总,不仅我们万荣的干部群众盼望着汇源的投资,我们万荣的苹果都长着汇源商标哩!"

朱新礼,这个山东大汉,看了一个苹果长着汇源商标,两个苹果也长着汇源商标,一车的苹果都长着汇源商标,何尝用心啊!朱总非常感动,当场就表态:"啥也不说了,我们在万荣上马两条浓缩汁生产线。"朱新礼在2011年8月11日,专程赶往万荣参加工厂奠基仪式。他满怀深情地说道:"汇源万荣项目一期工程,年加工50万吨果汁,主要出口欧美市场。万荣县领导用充满智慧、乐观、自信和执着的行动，打动我们汇源人，改变了汇源两年内不建新厂的战略规划。"这就是文化招商的成功案例。

宿迁文化底蕴也非常深厚，市领导经常向外面宣传宿迁出英雄美酒生态好。英雄是楚霸王项羽，重情重义，虽败犹荣，是中国历史上唯一不以成败论英雄的英雄。美酒是洋河与双沟两大名酒，正在大力推进中国酒都建设。好水才能酿好酒，两大名酒验证着宿迁优良的自然环境。生态好是指宿迁良好的自然环境，有洪泽湖和骆马湖，大运河与古黄河，两湖两河的水乡文化，给广大客商留下深刻的印象。正因为如此，宿迁吸引了蒙牛、汇源、娃哈哈、海天、百威、达利园等众多知名食品企业落户建厂，建成了国家级的食品产业园。

四、如何开展外资招商？

外资招商是招商引资的重要组成部分，现在各地都在加强外资招商工作。一方面，许多跨国公司在北京、上海、广州等地都设有中国总部，这可以成为外资招商的载体。另一方面，商务部下属外商投资协会以及各个省市的外商投资协会，也可以成为外资招商的重要平台。另外，昆山作为台资高地，太仓、青岛等德资高地，我们沿海的日韩企业比较多，拜访这些已经在大陆投资的外资企业，也可以作为外资招商的窗口。

招商人要学一点外语，争取和老外直接对话，在外资招商中可以起到事半功倍的效果。有一年，一位美国客商来中国参加广交会，我们政府经过前期沟通协调以后，领导安排我和小祁参加广交会，将政府的政策承诺函交到外商手上。在进入广交会会场时，我与外商搭讪起来，"What's your name？" "Where come from？" "Welcome to Guangzhou."

进入广交会会场后,我准时将政策的承诺函递到外商手中,为该项目的顺利推进打下了基础。所以,我觉得招商的同志学一些外语,在外资招商中还是有好处的。

宿迁市商务局在2018年举办"百名外商看宿迁"活动,将已经在宿迁落户的外资企业组织起来,参观宿迁的城市变化,推荐宿迁的投资环境,宣传宿迁的投资政策。当然,有条件的地方,可以走出国门,在境外举办一些投资环境说明会。

五、如何创新招商引资方法?

在疫情背景下,我们招商引资工作必须创新,积极探讨网上招商等方法,将过去的面对面变为屏对屏和线对线。江苏省宿迁市2018年在全市推行"168招商体系",1就是设立全市招商工作领导小组,市主要领导担任组长,办公室设在市商务局,6就是在全国设6个驻外专业招商局,8就是将与经济工作密切相关的发改、经信、商务、科技、农委、市场监管、台办、外办8个部门作为招商服务的重要载体,充分发挥部门职能优势,开展招商引资和服务保障工作。由于新冠肺炎疫情,2020年3月,江苏省宿迁市举办了招商云推介活动,市领导在宿迁发布投资环境,嘉宾在北京、上海、广州、西安等11个分会场终端互动,实现了屏对屏交流与签约,中央电视台报道了此次创新型招商活动。

如何创新招商服务方式?有一年春节期间,我了解到每年腊月三十宗庆后董事长都会在办公室上班,晚上还会给员工发红包。我当时就想,如果此时能有一束鲜花给宗总全家拜年就好了,一方面,表达对这位企业家的尊重,同时也为三月份北京"两会"期间会谈打下感情基础。但转念一想,春运期间根本买不到车票,即使能买到车票,一年一度的传统佳节，老婆孩子也不愿意我出差，何况大过年的打扰人家也不合适。但如何不出差去拜年呢？我通过杭州一家网上花店，订购一束精美的鲜花送到宗总办公室，"祝宗庆后董事长全家新春快乐！"落款是"宿迁市人民政府"。

在三月份北京开"两会"时，我陪同市领导拜访宗总。宗总开头就说，感谢宿迁的鲜花拜年！这件事是我个人操作的，当时并没有向领导汇报。我赶忙说，大过年的领导安排送个鲜花，小事、小事。会谈中，宗总在向身旁工作人员了解苏北市场情况后，当场表态在宿迁增加一条营养快线生产线。一条线便是一个亿，全部是欧洲进口设备，每小时产量达到36000瓶，堪称世界一流生产工艺的亿元项目便招商成功。宗庆后是连续三届的全国人大代表，如此复盘，每年"两会"期间，我市领导总会到宗总下榻的酒店拜访。宿迁的娃哈哈生产线已经增加到13条，成为全国少有的大型生产基地之一。

我把这种招商模式称为"两会招商"。当然，创新招商的方式还有很多，需要我们招商同仁解放思想，充分运用互联网思维，采取更多灵活机动的措施，开展招商引资工作。

六、如何提升我们的招商能力？

关于招商引资，有人把招商人的基本素质概括为：铜头、铁嘴、橡皮肚子、飞毛腿。我觉得这个比喻较为形象，铜头就是不怕碰壁，要有坚韧不拔的毅力；铁嘴不是指夸夸其谈，而是指很好的表达能力，把我们投资环境的优势介绍清楚，必要时对不足也不必刻意隐瞒，任何地方都有它的优势与不足；橡皮肚子不是指能吃能喝，主要是指要有容量，任劳任怨，甚至能承受住一些委屈。飞毛腿很好理解，就是指走出去请进来活动，要有"四千四万"精神，即千辛万苦、千言万语、千方百计、千山万水。

激情与毅力是招商能力的重要部分。在娃哈哈招商的第五个年头，我差一点准备放弃，因为我听到同事的一些议论，"他整天娃哈哈，也不知道真的还是假的。"关键时刻，妻子那句话鼓舞了我，"放弃比失败更丢人。"努力了不一定成功，但不会有遗憾。水已经烧到98℃，或许添把柴就能把水烧开。马云有一句话对招商很有借鉴意义，"梦想还是要有的，万一实现了呢？"

"读万卷书，行万里路"是人生的一种境界。招商人因工作需要，大多能"行万里路"，如果再读上万卷书，则对人生大有收益。有人说，要么读书要么旅行，身体和灵魂总有一个在路上。

提升招商协调力十分重要。我们知道，大项目靠大领导。然而领导很忙，老板也很忙，如何让领导和老板在同一时间坐在一张桌子上洽谈，这就考验我们招商人的协调能力。如果一个优质项目，我们在关键时刻没有向领导汇报，就会错失机遇，很可能导致招商失败。但如果项目八字还没有一撇，盲目向领导汇报，又会浪费领导资源。如果领导拜访客商时，老板说根本没有投资的想法，领导就会对你的说话打折扣。这就要求我们在具体招商工作中，灵活把握"度"的问题。

七、赢的箴言

"赢"，"亡"字头，指要有危机意识；"口"指要有良好的表达能力；"月"指要有时间观念，要提高工作效率；"贝"指要取财有道；"凡"指要有平凡心态，凡事要朝最好处努力，但也要做好最坏的打算。"赢的箴言"共有5句话：

第一句话：把招商目标大胆地说出来。积极欢快的招商人应该具有挑战性的招商目标，比如3年左右招个大项目，大力向身旁无嫉妒心的人宣扬自己的目标，这代表对自我的肯定，也是对别人的承诺，可借助这股无形的压力，鞭策自己，努力奋斗。

第二句话：相信自己能招大项目。世上没有十全十美的人，再伟大的人也有他的缺点。要做一个成功的招商人，首先必须了解自己，肯定自己，建立自信，做事才会积极进取，充满希望。缺乏自信的人容易自我设限，认为自己不可能达到既定的目标。如此怀疑自己，失败是理所当然的。欣赏自己，相信自己，肯定自己，才能突破自我发挥无限的潜力。

第三句话：向成功的招商人学习。每个成功的招商人，至少都有一种成功的特质，而且发挥得淋漓尽致。我们不断从周围不同典型的成功者中学习感悟各种成功的特质，有助于增长智慧，更容易促成招商事业成功。

第四句话：为自己塑造成功的招商人形象。一个成功者一定要看起来就像赢家，第一眼印象决定了别人对你的看法及评价。招商人要永远表现得生龙活虎的样子，兴高采烈，光鲜明亮，好像随时要去参加庆祝的酒会。如果偶尔情绪低沉，宁可请1天假，好好调适自己的情绪，永远不让客商看到你懊丧样子。一旦进入办公室或谈判桌前，一定要以饱满激昂的精神状态投入招商工作。

第五句话：招商过程中不断地奖励自己。成功者的工作充满了困难和挑战。当觉得自己表现得不错的时候，别忘了好好奖励自己，买个喜欢的礼物，为自己喝彩："你实在干得不错！"奖励自己非常重要。

奖励自己，再继续努力，会更有冲劲。

（作者为国商机构特约讲师，本文为2020年3月受邀在线上招商讲座的讲稿）

孔大伟的序章

一

2010年秋天，秋老虎肆虐比往年更厉害。我一手拖着行李箱，一手拎着老孔沉甸甸的提包，跟在他身后小跑，汗湿的衣服粘在身上。

我一脚踏空，提包飞了出去，书本物件散落一地。老孔回身捡起书本弹去灰尘，嘴上说："不碍的，不碍的。"我有些不好意思，抬眼看时，是《创业史》《文化苦旅》《平凡的世界》等书。老孔笑着说："咱招商人既要行万里路，也要读万卷书呢。"

明天是广交会开幕式，我们这次带着一项重要使命，要将市政府邀请函送到外商手上。约定见面时间是明天上午十点半，地点在广交会玻璃展区，等待我们的是世界玻璃大王、美籍华人朱亦磊先生。为保障翻译水平，我还专门恶补了商务英语。

我俩从火车站来到广交会场馆，眼前是长长的办证队伍，好不容易排到我们时，经办人员却告知不能进入场馆，说我们不符合条件。原来，进广交会有两个条件：要么有外国护照，要么有省级工信委证明。我当时就懵了，两者皆无，话语带有哭腔："这可咋弄呀？明天上午老外在里头等我们呢。"工作人员不耐烦地喊道："请让开，下一位。"

老孔是见过大场面的，他拍着我肩膀说："不碍，不碍，办法总会有的。"我感到老孔手上有一丝颤抖，想必他心里也是没底的。

老孔拿着邀请函在走廊里走来走去，像是在数脚下猩红的大理石，宽大的衣服荡来荡去，看上去更瘦了。我一时帮不上忙，只是远远地站着。

下班了，空荡荡的门厅只剩我们两个。我心里暗暗地给失败找理由，毕竟硬硬的制度在那里，自美国"9·11"事件以后，全球的大活动都强化了安保。再说，亚运会即将在广州开幕，提高安保门槛也在情理之中。我想，这次我们只有无功而返了。

蹲在地上的老孔忽然站了起来，怔怔地望着办证的塑料筐，嘴里不住地说："有了，有了。"我不知其故，莫名地看着他。老孔一边招呼我，一边从筐内取出两根蓝色的办证带子，顺手递给我一根。老孔说："小祁啊，咱们明天就凭这带子智闯广交会！"我接过带子，将信将疑，但也只有跟着"大忽悠"往前试试了。

"大忽悠"是老孔的绰号，梧桐市开发区的人们背地里都这么叫他。我刚上班俩月，对大忽悠的逸闻还是了解一些的。大忽悠名叫孔大伟，据说，某次招商活动忽悠了领导，于是留下这不雅的称谓。听说大忽悠原先是中学教师，因传销被开除，后又通过招聘从事招商工作。招商却又不务正业，一边招商一边搞文学创作，作品经常在刊物发表，项目却没捞到一个。去年考核中大忽悠被末位淘汰，现在是留用阶段。如果今年再无招商成果，大忽悠便真的要开路走人了。

据传，大忽悠爷爷的忽悠术十分了得。他本是当地有名的豪绅，在打听解放区土地政策后，提前低价卖光土地辗转到上海开面馆。新中国成立后，大忽悠爷爷因家中无地被划为贫农，局势稳定后又回家干起贫协主任。这样看来，大忽悠是得到爷爷忽悠术的真传了。

第二天早上，我们早早地来到场馆大门等候。记者们扛着长枪短炮在人群中穿梭，蓝眼睛长鼻子们三五成群地聊着，没有人注意天上成排的气球带起的彩带，把偌大的天空装扮得花枝招展。大门两侧站满了穿着制服的保安，空中时不时有直升机"轰轰"掠过，一场商品交易大戏即将开幕。

见到这阵势，我的心一下被提了起来，那根黏黏的空带子被我攥得更紧了。老孔向周围看了看，将自己的蓝带子围在脖颈上，右手捏着两头在上衣第二颗纽扣处塞了进去。我也有样学样地做了，只是心里愈加发虚。

这时人群"嗡"的一下动了起来，老孔低吼道："记住，我们是新加坡华侨，我们是有证的。"老孔说话时并不看我，我明白他是在给我打气。说话间，人流便拥着往前走，我跟在老孔身后左右观察着，总感觉有一束质疑的目光刺向我们。我下意识地整理一下带子，竟将啥也没有的线头露了出来，我慌忙将其塞进去并用左手按在胸前。忽然，我的右肩被谁拍了一下，转头看时，一位黑胡子保安正向我举手敬礼。"同志，请出示您的证件。"黑胡子微笑着说。接下来发生的事情，我是靠后来搜索记忆才拼凑出画面。

当我拽出啥也没有的线头时，我说："大概……可能掉了。"但没有人听我解释，两名保安硬是把我架出去，我情急之中连忙喊："老孔，我被逮着了。"一个保安问："哪个是老孔？" 大忽悠怔了一下，却似无所闻，继续走他的路，还与身旁的老外攀谈上了。

晚上吃饭，大忽悠特意上了啤酒，说是庆贺任务完成。几杯酒下肚，话渐渐多起来，大忽悠说："外语是个好东西啊，小祁，往后你教我点英语吧。"我疑惑地望着他，老孔接着说："你那时不该喊我的，弄得我差点也暴露了，为了掩饰，我只好向旁边老外问 What's your name？我知道这样不是很礼貌，但当时也只能憋出这么一句，后来老外讲了一大段，我啥都没听懂，只好点头说 me too，唉，我是靠两个 me too 混进去的。"我说："我教你英语，你教我招商呗。"大忽悠看看我，又望望窗外椰子树，半晌才说："招商，我也在摸索中；文学，我倒可以谈些体会的。"

两瓶啤酒下肚，我有些头脑发蒙，便坚辞不喝。大忽悠笑着说："招商人不喝酒，一个项目也没有。"我说："校园招聘时，报的是翻译岗位。我是鬼使神差搞招商的，不怕你笑话，到现在我也不知招商引资为何物。"大忽悠将杯中一饮而尽，抹抹嘴说："招商引资，顾名思义就是招来客商引来资金，其实就是交朋友。听说你英语演讲在西交大获得过冠军，这里招商缺少外语人才，你好好干，一定能干出名堂。"正说着，两碗热腾腾的海鲜面上了桌。

我吃了两口连连叫鲜，老孔说："比不得你们西安的油泼面呢。面食是一种很好的地域文化，这些年招商，我吃过镇江的锅盖面、昆山的奥灶面、武汉的热干面、北京的炸酱面，当然喽，还有我们家乡的阳春面，每一种面的背后都有一段传奇的故事。我到外地出差，喜欢品尝当地的特色美食，感受当地的饮食文化。据父亲讲，我爷爷当年在上海的面馆专做红汤面，生意红火得很呢。"大忽悠又给自己倒了一大杯，红红的印堂上映出一个小小的疤痕。

我好奇地求证："听说你爷爷卖完土地闯上海，不仅没划为地主，后来还做了贫协主任。""当初还不如划为地主呢！"大忽悠感慨地说，他并不看我，举着空酒杯凝视着，继续伤感地说："运动起来后，我爷爷被红卫兵揪回上海批斗，逼他交代通敌材料，爷爷不堪其辱，投黄浦江而死。唉！老人家生前留下两句话：做事莫投机，做人要实在。父亲一直将这字条保存着，现又传到我的手上，也算是我们孔门家训吧。"

大忽悠喝高了，朗诵起李白的《将进酒》来，"君不见，黄河之水天上来，奔流到海不复回。君不见……"声音抑扬顿挫，声情并茂，在"天生我材必有用"处突然提高了八度，似是发泄，又像抒情。我深受感染，倒满酒杯也跟着附和起来。

广州之行，不辱使命，惠顿公司答复下月来梧桐市考察。刘主任在会上公开表扬了老孔，说招商人就需要这样的应变能力，还提出举全区之力做好朱亦磊一行考察接待工作。我知道，刘主任表扬的是老孔忽悠能力。刘主任还对我给予鼓励，说年轻人第一次出差就能配合完成任务，很不错。一时间，大忽悠智闯广交会传遍梧桐开发区，什么"能说三国语言""隐身之术""舌战群雄"，事情越传越玄。被拖出场之事始终无人提及，我对大忽悠渐升敬意，对招商背后的故事也产生了一定兴趣。

二

由于时差的缘故，我常常被大忽悠半夜召去翻译函件。朱亦磊来访前夜，我更是忙得昏天黑地，中英文对照的接待方案被反复修改，一直到后半夜才定稿。大忽悠在会议室里外走动着，反复调试音响，又将会谈的席卡调来弄去，门口的红地毯也被他展了又展，生怕哪个细节出现差池。

第二天上午，刘主任率队接机。可能是广交会上一面之缘，朱亦磊先给大忽悠送上大大的拥抱，弄得刘主任一时冷落在旁，很有一些尴尬。当朱亦磊与刘主任相互交流时，我的同步翻译及时跟进。朱亦磊用蹩脚的中文说"你好！" 刘主任也用并不标准的英语回应"Welcome to WuTong！"双方一来一往，引得大家都爽声笑开了。

在会议室播放梧桐市宣传片时，大忽悠把我召到角落里悄悄地说："那个黑衣人像骗子，惠顿公司函件并未提及此人，你侧面了解一下。"这时，我才觉得黑衣人的行为的确有些诡异，接机时他跟在人群中，后又自己开一辆黑牌随车队行进，会谈时，他在会场内反复拍照摄像。

我未敢贸然打扰朱亦磊及其助理，便主动与黑衣人打招呼，对方却并不理我，走到朱亦磊旁边坐下，顺手递给朱亦磊一支"555"牌香烟，"啪"的一声点着了。朱亦磊瞄了一下，又轻轻地拍了拍对方的手。我看他们如此默契，认定黑衣人属惠顿公司无疑，便向大忽悠回了。

接待晚宴未见黑衣人，我心里一悬，细打听方知并非惠顿公司人员。听到消息时，大忽悠狠狠地瞪了我一眼，目光像刀片，黑着脸说黑衣人肯定是临市的招商人员，是来摸我们会谈机密的。我倒吸一口凉气，朱亦磊明天将到临市考察，对方知己知彼，我方却先失一蹄，双方尚未开战，胜负却已见分晓。

半个月后，《扬子晚报》在不显眼的位置发布一条扎眼的消息，投资10亿美元的惠顿玻璃项目落户临市。其实，早在一周前，大忽悠已打听到招商失利的消息，当他看到报纸上白纸黑字的报道时，还是很难接受这个残酷的现实。大忽悠抖动的双手怎么也拿不稳《扬子晚报》，眼睛盯着豆腐块的报道来来回回地看，嘴里喃喃地重复着"为什么？为什么？"

第二天，大忽悠就住进了医院。我到医院看他时，大忽悠睡着了，手上正打着打点滴，脑袋上敷一块白毛巾，鬓角露出灰白的头发，床头摆着柳青的《创业史》。他妻子说他连续高烧39度以上，上吐下泻，嘴里长满火疮，半夜里还胡言乱语，不知道说些什么。作为他的招商助手，我感到很不是滋味，惭愧与失落充斥内心。

将鲜花放在床头，我随手翻看《创业史》，不想"啪"的一声滑落一张纸片，捡起细辨，是密密麻麻的手稿，上方一行大字："《招商客》创作提纲，作者释在。""释在？！"我失声叫了出来，大忽悠被我惊叫吵醒，"你就是微客上的释在？"我睁大眼睛问。大忽悠吃力地向我点了点头，又招手示意我靠近，他附我耳旁说："请替我保密。"我使劲地点头说："必需的。"

"释在"在微客上可谓大名鼎鼎啊！粉丝遍及五湖四海。他连载的小说一般每天更新一节，每节千字左右。当天结尾处总留有伏笔，有一种欲罢不能的感觉，为了尽早了解剧中设下的悬疑，我常常未等下班就打开微客等候更新。真没想到，我网上崇拜的文学大咖竟是朝夕相处的大忽悠！

我想起来了。有一次我和大忽悠参加商务接待，大忽悠喝醉了，吐得满地狼藉。我陪他回宾馆洗漱休息，无聊中翻"释在"微客却不见更新，我便对"释在"破口大骂。大忽悠当时就急眼了，竟回了我一句国骂，厉声呵斥我凭什么骂人？我当时一头雾水，还咕噜他多管闲事。

一天上午，同事小刘来找我，说他舅舅在苏州的造纸厂因环保被停产，想整体搬迁到梧桐开发区建厂，总投资达5亿元，近日就能签约并着手开工建设。我立刻来了精神，如果将这一项目成功落户，不仅帮了小刘舅舅，也能解决大忽悠末位淘汰的困局，毕竟距年终考核不足一月。正所谓吉人自有天相，这送上门的项目真是雪中送炭，我与小刘激动着向医院跑去。

大忽悠见到我们，忙让妻子削苹果。小刘将来龙去脉说了一遍，还说他老舅是个豪爽人，事成之后不会亏待老孔的。大忽悠的脸色渐渐由晴转阴，板青着脸不说话。他妻子见气氛有点僵，忙说待老孔出院再向领导汇报汇报。大忽悠打断了妻子的讲话，说环保是红线，谁也不能越界，还说招商要讲诚信与原则，他决不会引一个污染型项目的。大忽悠说话时脖子上绽出青筋，额上又显出那月牙形疤痕。我和小刘见话不投机，赶忙找个理由溜出来。

走出房间，小刘叹着气说大忽悠真呆，自己工作都不保，还谈什么环保底线。看我没什么反应，小刘神秘地问："知道惠顿项目为何失败不？"我摇头说不知，小刘一脸不屑地说："大忽悠被临市人给忽悠啦！人家假扮记者混进来，我们竟蒙在鼓里。唉，我看大忽悠也是空有其名，只能忽悠忽悠领导。""忽悠领导？"我惊奇地问。"要不，咋叫他大忽悠呢。有一次领导打电话叫他回单位加班，问他在哪里？他正和哥们划拳喝酒，却谎说陪客商看地，还不住喊'左拐，左拐'，领导疑惑问啥情况，他说正指挥司机左拐呢，领导大受感动。后来不知怎的这故事传开了，领导气愤地称他是大忽悠！"

三

一个周末的下午，大忽悠约我到湖中情饭店见面。他已大半个月未上班，考虑他即将被淘汰的命运，我当即答应赴约。我在路上想大忽悠会说什么话题呢？谋划着多种方案来安慰他的伤痛，却始终搜不出合适的语句。

一个临窗小包间，桌上摆一瓶梦之蓝，大忽悠着一身崭新的西装，手上飘着缕缕烟雾，见我到了，指了指对面位置。见他穿戴如此正规，我问他是不是有重要接待？大忽悠说："哪有什么接待，这次虽说项目失败，但我觉得能把外商忽悠到梧桐来也是成绩，便买了这套西服奖励一下，我是自己奖励自己，若等领导奖励恐怕黄花菜都凉喽。"

过了一会儿，大忽悠说："惠顿项目还有戏！"我吓了一跳，怀疑他精神出了问题。顿了顿，大忽悠又说："以其人之道还治其人之身，两周前，我大哥假扮投资商到临市考察，了解到惠顿公司与他们签的是意向协议，临市承诺的'六通一平'并不属实，根本没有双回路供电保障，这个项目是落不下来的。"

意向协议不同于正式合同，并不具备法律效力，这点我是知道的，但何为"六通一平"就不懂了。刚问出口，就有点后悔，觉得这可能是招商人必备的常识。果然，大忽悠皱了一下眉头，很快又和缓地说："六通指供水、供电、供热、供气、道路和排污，一平是指土地平整。"顿了顿，大忽悠继续说："惠顿项目必须保障24小时不间断供电，万一停电，不仅锅炉里的玻璃浆报废，而且极易引发爆炸事故。"听了大忽悠如此专业的讲述，我心底升起一股崇拜之情，便站起身敬酒。大忽悠也站起来，将小杯倒进小壶中，我明白准备"壶搞"，便将小壶碰了上去。

干完酒，大忽悠示意我坐下，从身后包里掏出一沓材料。"这是我刚做的《惠顿公司在梧桐市投资可研报告》，准备装订成中英文双语版，请帮忙翻译一下。我打听了，朱亦磊董事长年底要到大陆总部开会，是一次绝好的上门招商机会。"看出来大忽悠准备拼了。

记得在南下招商火车上，他曾跟我说过"一生只做一件事"，还以唐朝张继《枫桥夜泊》为例，一首诗足以奠定其文坛的历史地位。大忽悠还说他一直生活在失败的阴影中，学生时代经常蹲级，教书生涯被除名离岗，招商项目也似挖井从未出水。他说太需要一场胜利来证明自己，若能将惠顿引到梧桐，他会立即向文学转型。他还说，招商只是他的人生挑战，文学才是他的内心追求。

我翻了翻大忽悠的材料，足有五十多页，看着他在病床上赶出来的材料，我鼻子有些酸，低眼说："放心吧，老孔，我保证三天内交稿。"

我感到气氛有沉闷，就换个话题说："招商节奏这么快，压力这么大，你哪来精力搞文学创作呢？"大忽悠点着一支烟，又将整包烟和火机推向我。他刚想讲话又咳嗽起来，待平复下来，才缓缓地说："时间只有靠挤。应该说，我文学梦是被《梁生宝买稻种》点燃的。柳青的文笔太妙了，他把秦岭脚下的蛤蟆滩写得那么美。我中学语文老师是下放的上海人，原本是东开大学的文学教授，看中我的文学潜质，给我很多关照与鼓励。他回城前，把珍藏多年的《世界文学史》送给我，不仅签上他的大名，还用'心向远方'鼓励我在文学上有所成就。"

我见大忽悠心情尚好，就将心中一直的困惑问了："听说你还搞过传销？"大忽悠并没有生气，也没有急着辩解，只说是误入歧途。他说："人家以每小时一千元标准请我讲课，要知道，我每月工资还不到两百。再说，出版散文集也急需钱，我就按人家给的课件去讲，第三天就被人告发了，原来竟是传销组织的营销宣传。"

与其说是对可研报告翻译，还不如说是招商学习。待完成大忽悠交办的翻译任务时，我已能说出双方的概况与文化，对惠顿公司投资梧桐市的优势与不足也知晓大概。印象最深刻的有三点：一是梧桐盛产石碌砂有原料优势，二是梧桐作为白酒之乡有市场优势，三是梧桐重视招商有政策优势。说实话，我渐渐地爱上了梧桐，也对招商有了感觉。

四

2010年厚厚的日历即将撕完。一夜醒来，梧桐市被大雪覆盖着，天地间白茫茫的一片，这座黄河与运河"滚"出来的城市增添了几分神秘与浪漫，梧桐开发区大楼更显清新典雅。上班的人们都哈着一团白气，进门用力跺脚掸雪，见面也是"啊啊喏喏"着，谁在不去抬头看大厅上方醒目的大红标语，"发展是第一要务，招商是第一政绩。"

我后背被谁捅了一下，回身看时，大忽悠微笑着将手递过来，我立刻伸手迎上去。大忽悠一身正装，天蓝色领带飘在胸前，腋下夹着一个黑包，头发也上了摩丝，见同事都主动打个招呼或者给一个微笑，和过去独来独往的大忽悠判若两人。我觉得大忽悠不像刚吃败仗的大将，倒像得胜回朝的将军，难不成他的淘汰问题解决了吗？

正胡思乱想，大忽悠已将一本装订精美的《惠顿公司在梧桐市投资可研报告》递给我，拍着我肩膀说："这是我俩的共同成果，走，陪我一起见主任。"

到梧桐市半年来，我是第二次到刘主任办公室，上次还是上班报道的时候。敲门落座，大忽悠汇报了惠顿项目临市搁浅及朱亦磊后天到上海的事，说如果能保障双回路供电，再请市领导上门拜访，项目极可能搞定。刘主任仔细地翻看可研报告，扶了扶眼镜说："我们正在申报国家级开发区，但缺少5亿美元以上外资项目这个硬件，你若真把惠顿忽悠来，我到市里给你请功！老孔，项目有多大把握？"大忽悠犹豫了一下，说至少百分之八十。

刘主任当即就笑了，拢了拢稀疏的头发说："老孔啊，记得上次你也说有八成把握的。"大忽悠涨红了脸，说这次不一样，如果还不成功，他愿接受组织处分。原来大忽悠的可研报告是通过第三方机构论证的，上周还专程到福建拜访了朱亦磊的在漳州弟弟，其弟已经答应从中沟通协调。

刘主任走出办公桌，背着手在办公室转了两圈，踱到隔壁用手机打电话。很快刘主任又回到办公室，招呼我俩靠近些。刘主任说市长答应到上海上门拜访，要求我们迅速拟定政策承诺函，双回路供电没有问题。刘主任又说市长很开明，不需百分之八十的承诺，但必须保证见到朱亦磊董事长。大忽悠拍着胸脯说没问题。刘主任很高兴，要求我俩即刻启程上海，为市长拜访打前站，务必保证朱亦磊亲自出面。最后，刘主任问大忽悠还要什么条件，大忽悠啥也没提，只要市政府的拜访函和政策承诺函。

五

帕萨特弛行在京沪高速上，大忽悠将拜访函展开抖了抖说："这就是招商的本钱！"我看到落款处鲜红的国徽图案，下面联系人是孔大伟及手机号码。大忽悠继续说："没有函我只能是我，有了函我便代表政府。"我说你向领导承诺百分之八十，真有那么大把握吗？大忽悠说："爱拼才会赢！再说，我已退无可退，只有背水一战。人有时需要赌一把，努力不一定成功，放弃一定失败。柳青说过，'人生的道路虽然漫长，但紧要处只有几步。'"说完，他又捧起《平凡的世界》。

我说这是咱陕西路遥的作品，是茅盾文学奖皇冠上的明珠。他看看我，显得很高兴，问我喜欢读哪方面书？我说爱看现实主义小说。他说：

"陕西是现实主义文学高地，柳青《创业史》写的是新中国成立后农业合作化的事，概言之，是将分散的农民土地合起来。路遥《平凡的世界》写的是改革后大包干的事，简言之，是将集体土地承包分到户，一合一分反映了中国农村变迁史啊。柳青是路遥的文学教父，他们师徒俩的作品是一脉相承的，也可以把孙少平当作梁生宝的后辈来理解，他们代表不同时代三秦大地农民的生存状态呢。"我从没听过这样的文学解读，内心便将大忽悠作为文学导师膜拜起来。

大约六个小时的车程，我们终于来到上海外滩的惠顿公司中国总部。朱亦磊的弟弟在大门口与我们汇合。接待我们的是总裁秘书小赵，赵秘书见到董事长弟弟十分客气，笑盈盈地将我们引到贵宾接待室，不住地给我们添茶倒水。

小赵接过拜访函却连连摇头，不无遗憾地告诉我们，朱总此次行程没有安排来访接待的计划，请市长不要来上海。大忽悠说市长已到，这次是专程专项拜访朱亦磊董事长，哪怕会谈十分钟。董事长弟弟递上项目可研报告，请小赵放到哥哥办公桌上。小赵最后答应试试看，让我们回宾馆等她的电话。

回到酒店，我俩把手机都放在床头柜上，一边等电话一边在床上和大忽悠神聊。大忽悠靠在床头望着我说："我们招商人，既要忽悠好老板，又要忽悠好领导。你看，这次我们把市长忽悠来了，下面必须把老板忽悠出来。"他叹了一声，继续说："大项目要靠大领导，但大领导和大老板都很忙，让他们在同一时间在同一张谈判桌上见面，难啊！"我点头说是，不如扛麻包出苦力，咬咬牙吃些苦就好，招商就不一样了，几千万上亿的投资，事关人家身家性命，投不投资全在老板的脑子里，总不能把老板绑来投资吧？

大忽悠扔过一支烟，他自己也叼着一支，点着后又将打火机扔给我。透过烟雾，大忽悠说："协调也是生产力呀，我主张双赢理念搞招商，谈判时要多站在老板的角度考虑问题，只有让人家赚钱才成，而且要打造环境，让人家轻松赚钱。政府主要算大账，或者说算社会效益，比如就业与税收。唉，有人说我会忽悠，其实是招商中的协调力。"原来大忽悠对"忽悠"是很反感的。说着感叹着，我不知什么时候睡着了。

第二天早上醒来，我发现大忽悠仍和衣躺在床上，身边放着三九胃泰和皱巴巴的《文化苦旅》，他两眼红红的，原来胃病又犯了，竟整夜未眠。也难怪，市长中午真的要来了，对方却一直未回话。大忽悠见我起床，并没有说话，只是闭目养神，我便到卫生间洗漱起来。

六

早饭后，我俩谁也不说话，他将手机插上充电，翻看余秋雨的《文化苦旅》，我在手机上流览"释在"的小说连载。大忽悠每隔一会儿就跑去看手机，生怕错过重要的接听电话，但手机静静地躺在那儿，一声不吭。

时针指向上午十点，大忽悠再也坐不住了，让我打电话问小赵进展情况。我将电话免提打过去，小赵说还未敢向老板汇报。大忽悠"噌"地跳下床，夺过我的电话，对着话筒吼道："我们是几百万人的市长，这次专程拜访老板是为投资的事，也是为你们企业提供发展机会，如果耽误造成双方损失，谁来负责？嗯？！"对方显然被吓着了，半天没有声响，接着是怯怯的回复："马上汇报。"

中午12点刚过，手机炸雷般响了起来，大忽悠眼睛立即有了光，向我会心一笑便去接电话。仅仅几秒钟，他脸色陡然凝结起来，向我摆手示意不要出声。我轻步走近去听，原来是市长秘书的电话，说市长车辆已驶过南京，再有三个小时即达上海，问我们衔接如何？

挂上电话，大忽悠用冷水在额头拍了拍，想让自己冷静下来，调复情绪后，大忽悠拨通赵秘书的电话。大忽悠对刚才的过激言语表示道歉，又说市长这次是专程拜访董事长，无论如何，请赵秘书从中周旋帮忙。大忽悠语调温和，言辞恳切，全没有先前的气势。

接着，大忽悠又给市长秘书发了信息，说朱总正在开会讲话，具体会谈时间尚未确定，建议领导先忙别的工作，一旦有新进展，将在第一时间汇报。

过一会儿，大忽悠跳起来告诉我一个好消息，他的一个中篇在《延河》发表了！《延河》是我们陕西重量级的文学刊物，在全国也很有影响力，当年柳青《创业史》也是在《延河》发表的。我俩走到楼下喝酒庆贺，毕竟心里有事，酒仅是点到为止。

一直到下午四点半，赵秘书才打来电话，说董事长对我们的可研报告非常满意，还说朱总已安排晚宴招待市长一行。大忽悠挂上电话，脸上绽成一朵花，用手在空中摆出胜利的姿势。

大忽悠立即将好消息向市长秘书汇报，没想到对方泼来的是一盆冷水。市长秘书说一直未等到我们反馈电话，市长临时更改了行程，现正在杭州拜访一家外资企业，晚宴是万万赶不上的，明天上午九点准时赶到上海拜访，务必请我们解释好协调好。

大忽悠瘫坐在沙发里，满脸的疲态，并不看我说："小赵的电话，还是你来打吧。"我把市长行程调整的事委婉地向小赵解释一番，一向温柔的赵秘书朝我发了无名大火，质问我什么叫专程拜访？而且说她不敢将情况再跟董事长汇报。我说因为你一直不回电话,市长才临时增加行程,即便现在从杭州往回赶,也实在是来不及。赵秘书终于软下来,答应再向朱亦磊董事长汇报。

接着,电话里传来"噔噔噔"脚步声,小赵没挂电话就直接向董事长汇报了,朱董事长说明早七点飞芝加哥,安排其助手孙炜女士接待梧桐市长。相当于现场直播,我们在电话里听得清清楚楚。

大忽悠不甘心,又给董事长弟弟打电话确认,对方明明白白地说董事长芝加哥行程早已确定,明天是总裁助理代为接待,但朱亦磊已将观点传授给助理,她所表达的态度完全代表董事长的意思。

已过了晚饭时间,大忽悠还在那里抽烟。我走近说:"老孔,总裁助理也不错,反正代表董事长的意思。走,我请你吃开洋葱油拌面。"听到拌面,大忽悠来了精神,说声"好"便奔面馆而去。每人一笼汤包和一碗拌面,葱香和油香随着轻音乐一起飘进体内,把我的食欲一下勾了起来。大忽悠脱下外套挂在椅背上,拉开大吃一场的架势,刚才的烦心事好像被抛到云外,不一会儿,我们头上都渗出汗来。吃完饭,我便小口啜茶,窗外灯光愈加明亮,东方明珠塔格外显目,我想这就是夜上海了。

"饭后一袋烟,赛过……"大忽悠正在自言自语,市长秘书又打来电话,直问明天朱亦磊董事长是否在公司?大忽悠含含糊糊地回答:"大概……在。"秘书说:"我总不能回市长大概吧?请你具体落实一下,在就是在,不在就是不在。老孔,你总不能再忽悠领导吧!"说完,电话就挂上了。

大忽悠太珍惜这次招商机会了,这或许是惠顿项目招商的最后一板斧。大忽悠挣扎着站起来,又坐下,尚未坐稳,又站起来。他敲出一支烟叼在嘴里,我提醒他烟嘴反了并帮其点火。他连吸两支香烟,突然将烟头狠狠地摁在烟灰缸,站着拨通了市长秘书:"朱亦磊董事长明天在的。"大忽悠淡定地说。

倒吓了我一跳,大忽悠竟敢向领导公然撒谎!我小声说:"明天市长见不到朱亦磊,会不会追究责任?""走一步算一步,反正我不是为个人。"大忽悠不耐烦地说。我看时间不早,劝大忽悠回去休息,他却来了兴致,执意要我陪他到黄浦江边走走。

江边栈道上残雪结成薄冰,脚下不时打滑,我俩一前一后踉跄地走着。游人被冷风刮得稀少,两岸的建筑流光溢彩,天空连着水面也变幻着团团彩色。大忽悠将外套紧了紧扶在栏杆上,眼睛痴痴地望着浦东,又好像望着更遥远的天际,喉结上下动着发出模糊的声响。我以为他为当年投江的爷爷悲伤,便上前准备搀扶他。不料,大忽悠用力甩开我,朝着江面上方高声呼喊:"惠顿,到梧桐去!""到梧桐去!去!去!"激昂的声音在黄浦江上空荡来荡去,久久回响着。

七

第二天早上,市长一行如期而至,赵秘书在惠顿上海公司门口迎候。在八楼会议室,孙炜分别与市长一行握手,双方相互寒暄着交换名片。

市长坐定后,不住地向门口张望。总裁助理赶忙解释:"朱亦磊董事长今早七点飞往美国芝加哥,全权委托我接待您。"见市长仍锁着眉,孙助理又说:"我们昨天与你们一位姓孔的先生说得非常清楚,董事长飞回美国,无法参加今天接待的。"听了这话,市长的眉头拧得更紧,转头望向大忽悠。

大忽悠与市长仅隔一位秘书长，我见大忽悠低头在笔记本胡乱地画着，机巧地回避着市长峻冷的目光。大忽悠心里明显发虚，我分明听见他低沉的喘息，脸上渗出细细密密的汗珠，短袖衬衣被汗湿透了。

市长很快调复了情绪，对总裁助理微笑着："您在也一样嘛，我们邀请贵公司再次到梧桐实地考察，希望双方本着互利互惠的原则，寻求更广领域的合作。"随后，市长简要介绍了梧桐的市情，孙助理也介绍了惠顿公司发展概况。

孙炜话锋一转，宣布了昨晚惠顿公司董事会的重要决定。鉴于梧桐市诚恳的招商态度及优越的投资环境，公司决定将总投资10亿美元汽车挡风玻璃项目放在梧桐市，朱亦磊董事长将在半月后率队到梧桐选地，争取尽快开工建设，确保明年下半年实现投产运营。

这个好消息来得太突然了，会议室竟出现短暂的沉寂，接着是一阵"噼噼啪啪"的掌声。掌声是市长带头鼓起来的，市长带着灿烂的笑容再一次转向大忽悠。这一次，大忽悠主动迎接市长的目光，两对目光相遇时，市长微笑着向大忽悠点了点头。大忽悠左右张望一下，脸上似飞来一片红云，倒显得有些局促起来。

时间来到2011年第二季度，大忽悠也迎来属于他的招商春天。随着惠顿梧桐公司建成投产，这一现代化的企业立即成为梧桐对外展示的新名片，来参观的领导和客商络绎不绝。《梧桐日报》在头版显要位置刊发专题通讯《全球玻璃大王落户梧桐，多年跟踪招商终成正果》，招商人孔大伟的彩色照片被配发其中。随着多家媒体转发，大忽悠一夜之间成为梧桐市热点人物。"招商标兵""劳动模范"等荣誉纷至沓来。

刘主任对大忽悠招商能力高度认可，座谈会上希望他再招引两个大项目，大忽悠当时并没有接话，私下说领导懂个锤子。不久，组织部门对大忽悠进行考察，坊间传闻大忽悠即将被提拔为招商局局长。

不久，一纸调令让大家大跌眼镜，大忽悠被任命为市文联副主席。到新单位报道前一天，大忽悠邀我到惠顿梧桐公司转了一圈。走在宽敞的参观通道上，大忽悠口中不断地说"有成就感"。我说："有人说你是明升暗降，再说，这个岁数向文学转型也太迟了吧。"不料，大忽悠仰头朗声笑道："招商，招商，我已遍体鳞伤。一切过往，皆为文学序章也。小祁，我将来也要给咱梧桐写传的。"我愕然地望着他，心想不愧大忽悠称号，难不成招商也是他的创作体验？

大忽悠又说朱亦磊弟弟给他提供一个招商线索，是与惠顿合作配套的汽车公司，希望我能好好跟踪。末了，他从包里掏出一本崭新的书给我。"送给你，我写的。我等你招商好消息！"大忽悠一边说，一边拍了拍我的手背。书的封面是白底红字，"文化招商"四个苍劲的大字，旁边标着"孔大伟 著"，扉页上是龙飞凤舞的两行字"赠给招商新兵祁连山同志！"落款是"师哥孔大伟"。

两年后，我经历一番难以言说的酸甜苦辣，对大忽悠"铜头、铁嘴、橡皮肚子、飞毛腿"的招商描述更有体会。我在招商上也小有成绩，成为梧桐开发区招商局外资科副科长。大忽悠在文学领域已经走出梧桐迈向全国了，他的长篇小说《招商客》获得柳青文学奖，笔名便是"释在"。

刘主任在大会上鼓励招商人多读《招商客》和《文化招商》，还提出讲好梧桐故事开展绿色招商新理念。从此，"大忽悠"的称谓渐渐淡去，"释在"的名气越来越响。

（原载于 2021 年第 10 期《奔流》）

附：

用文学凝固时代大潮中的一朵浪花
——陈法玉评《孔大伟的序章》

自改革开放以来，招商引资一直是地方各级党委、政府的一项极其重要的工作。各地将招商引资作为增加地方经济总量、增加财政收入、增加百姓就业、提高生活水平的主要支撑，投入大量人力、物力、财力大搞招商引资。有的地方还将其作为助推经济社会发展的中、长期发展战略，可见招商引资在这个时代大潮中掀起的浪头是何其巨大。

每一个成功的招商引资项目背后，是无数招商人踏遍"千山万水"、吃尽"千辛万苦"、说尽"千言万语"、历经"千难万险"的付出，是"铜头、铁嘴、橡皮肚子、飞毛腿"特定形象的历练，是与竞争对手之间看不见的明争暗斗、巧妙周旋、见招拆招、互设羁绊……为了招商引资的成功，哪里不是使尽十八般武艺，用遍三十六计？

然而，四十多年来如此火热的社会生活，如此丰富的工作实践，如此多彩的传奇故事，却很少被文学所表现，这或许是因为会写的没有生活,或许是因为有生活的不会写,让招商引资题材成为当代文学的一个缺憾。现在,我们终于欣喜地看到了招商人孟献国的《孔大伟的序章》一文(《奔流》2021年第10期),该文使得我们得以管中窥豹,了解到招商引资背后的那些人、那些事。

一、散文《孔大伟的序章》与作者孟献国

因为笔者和孟献国有着三十多年的同事、朋友关系,所以对其创作的前前后后以及他18年专业招商的历程,有比较深入的了解。

《孔大伟的序章》集中围绕招引全球玻璃大王、某国惠顿公司投资项目落户梧桐市这个中心事件,塑造了孔大伟、外号"大忽悠"的招商人的艺术形象,揭示了招商引资在改革开放以后的地方工作中具有"重中之重"的地位,表现了招商人为之所付出的艰辛和代价,讲述了"大忽悠"一个个不同寻常又体现真情招商、智慧招商、文化招商、共赢招商特别是拼命招商的精彩故事,让人读来饶有兴味,引发思考。文章的叙事风格传统、质朴,以"我"的所知所见,对"大忽悠"孔大伟的故事娓娓道来,不仅增强了作品的真实性和可信度,也增强了作品的可读性和代入感。

作者孟献国1966年出生于江苏宿迁,1989年参加工作,历任乡镇财政所会计、所长,宿迁经济技术开发区招商局长、管委会副主任,宿迁市商务局副局长等职。孟献国长期坚持文学创作,出版专著《招商梦》《传"琦"娃哈哈》等,即将出版散文集《阅读秦岭》,有很多散文、小说作品发表于各级报刊,现为中国报

告文学学会会员,江苏、河南、陕西三省作家协会会员。如此看来,短篇小说《孔大伟的序章》出自孟献国之手,倒也是理所当然之事。

二、惠顿公司落户——步步惊心的背水一战

主人公"大忽悠"孔大伟在开发区多年招商无果,年底将面临"末位淘汰"的死局。为了改变局面,只有背水一战,争取让全球玻璃大王惠顿公司成功落户梧桐市。没有广交会的通行证,临时找个证件带子塞在胸前和外商无话找话、边走边聊地智闯成功,可谓是旗开得胜。下面所要走的过程,按理来说应该是顺风顺水、马到成功。然而,临市对该项目的暗中竞争,又让项目进退维谷。

孔大伟心有不甘,几经周折,好不容易又"忽悠"成了惠顿老总和梧桐市长的择机会面,拿到了市政府的邀请函和政策承诺书,并与惠顿老总弟弟建立联系请其从中斡旋。一切安排就绪,只待顺理成章。

事出意外。成则皆大欢喜,输则前途尽毁。情急之下,孔大伟来不及权衡再三,在24小时内被逼得接连使出三步险招。这三步险招,是从原定安排老总、市长见面的这天早饭后开始的。

孔大伟用"两头空"的手段,先跟市政府回报说可以利用惠顿公司老总来上海的机会与其会面,后又急速前往上海说是市长已经专程来了。秘书小赵接过邀请函一脸茫然,不无遗憾地说老总本次没有安排会见来访的计划。孔大伟和老总弟弟再三请求,秘书最后才答应试试看,让孔大伟和"我"回宾馆等电话。

可是从晚上等到第二天早上十点,赵秘书也没有电话打来。

时间一分钟一分钟地过去，眼看市长晚上就要到了。于是，焦灼不安的孔大伟使出了第一个险招：主动出击！

孔大伟和"我"等了一夜也没等到惠顿公司赵秘书安排会面时间的电话，两个人就坐不住了。上午十点，"我"用免提给赵秘书打电话询问进展情况，对方说还未敢向老总汇报。此时见孔大伟"噌"地跳下床，大声地对赵秘书吼道："我们是几百万人的市长，这次专程拜访来谈投资事情，也是为你们企业提供发展机会，如果耽误造成双方损失，谁来负责？"这一招果然有用，吓得赵秘书连声说马上回报。

第二招是委曲求全。中午12点时市长秘书电话告知，市长车子已到了南京，再过三个小时即可到达上海。惠顿公司的时间安排八字还没有一撇，孔大伟急得满头是汗。毕竟，只有赵秘书才能安排两个高层会面，孔大伟无奈地打电话给赵秘书，对刚才语言过激表示道歉。

直到下午四点，赵秘书才回话说老总对可研报告很满意，并答应晚上宴请市长。孔大伟大喜过望，连忙汇报市长秘书。谁知，市长因为一直没有得到孔大伟反馈的信息，又更改行程去杭州拜访客商了，惠顿老总的晚宴怎么也无法赶上，只有第二天上午九点再作会面。而第二天上午七点，惠顿老总就要乘机返回某国。赵秘书一来一去地汇报，董事长只好安排助理代为接待。

晚饭后，市长秘书又打来电话，直接问惠顿老总明天是否在上海总部的办公室。老总明明次日七点就要启航，孔大伟惶恐得连大气都不敢喘，语焉不详地说"大概……在。"市长秘书哪管这些，要求落实清楚，弄个明白，在就是在，不在就是不在！

孔大伟太珍惜这次招商机会了，惠顿公司能否落户梧桐是最后一板斧。几经思前想后，孔大伟决定使用第三步险招："瞒天过海。"过了一会儿，他一不做二不休，给市长秘书打电话，告知"董事长明天在"。

第二天上午，市长如约而至惠顿公司，会面的却是公司董事长助理孙炜。市长虽然面带微笑说是助理和董事长一样都是代表公司，其内心的无名之火有多大哪个不知道？两人分别介绍一番各自情况后，助理孙炜突然话锋一转，宣布了公司的一个重要决定：鉴于梧桐市诚恳的招商态度及优越的投资环境，公司决定将总投资10亿美元的汽车挡风玻璃项目落户梧桐，董事长半月后率队前去考察、选地，争取尽早开工，确保下半年实现投产运营。

峰回路转，柳暗花明。喜从天降，险中取胜。真是苍天不负有心人！

三、"大忽悠"背后的大情怀、大志向、大担当

孔大伟"大忽悠"的这个外号，来源于一天晚上领导打电话叫他去加班。正在和弟兄们喝酒的他，却谎称一直在陪客商看地，还不住叫喊着"左拐，左拐"地指挥司机掉头，这让领导大为感动。后来不知此事就怎么传开了，领导十分愤怒地称他为"大忽悠"。

"大忽悠"其实不忽悠，他认为别人传说的那些所谓的忽悠言行，其实都是一些生活上小智慧、小幽默，更多的时候，忽悠的目的就是想把事情做好。他爱好文学，在微客上连篇累牍地发表作品，笔名就是"释在"，意为"实在"。用这个笔名，可以看出他的内心是怎样地反感别人称他是"大忽悠"。我们从小说

中可以清楚地看到,"大忽悠"的背后其实是大情感、大志向、大担当。

被说成"大忽悠"的孔大伟情感非常丰富,对"我"这个新来不久的小随从待之如兄长一般。他随和、善良、宽厚,智商、情商指数过人。他在喝酒激动时会吟诵《将进酒》,高声喊出"天生我才必有用!"他会因为一件满意的事情,奖励给自己买一套西服。"两头空"忽悠两位高层会面出现一波三折,几乎崩溃的他深夜里会面对黄浦江大声呼喊:"惠顿,到梧桐去!"孔大伟对招引惠顿公司如此抓狂,可以说一是为了避免"末位淘汰",更重要的是他实在想要一个成功来证明自己,他认为努力不一定成功,但放弃必然是失败。

"大忽悠"的大志向,体现在志在招商成功,志在招大商成功,为此他不惜铤而走险,关键时刻不得不使出各种险招。为了实现这个志向,他不辞千辛万苦,住院期间写出50多页的惠顿公司投资梧桐市的可研报告,这个报告恰成为最后项目落户的重要砝码。为了实现这个志向,他另辟蹊径,从文化招商、智慧招商、共赢招商等各个方面寻求突破,特别是站在投资者角度考虑问题,赢得了投资者的理解和认同。孔大伟的大志向,还体现在他的人生目标一直都是双轨并行的。这就是事业和文学。他对文学孜孜以求并有所斩获,还有更大的志向摆在前面。他对文学特别是一些名著的理解,也可以说是观点独到而且见解深刻。比如,他认为柳青的《创业史》讲的是新中国成立后农业合作化的事,写怎样把分散的农民土地合起来;而路遥的《平凡的世界》,写怎样将集体的土地承包分到户。这一合一分,反映的是中国农村的变迁史。

"大忽悠"的大担当,我们从招引惠顿公司的过程中已经了然在心。如果说招引这个项目还有点怕末位淘汰的小私心,那么拒绝环保不过关的项目入驻梧桐市,就是一种更为自觉的担当行为了。他坚守原则,绝不让污染企业危害地方百姓。

孟献国《孔大伟的序章》,是用文学凝固时代大潮中的一朵浪花。

(陈法玉,中国文艺评论家协会会员、国家二级作家、宿迁学院客座教授)

后　记

　　2017年秋天，我曾在映秀亭许下诺言：两年内再出一本文学书。一晃四年过去了，《阅读秦岭》终于姗姗来迟。

　　初识秦岭，始于中学课本；亲见秦岭，已过知天命之年。我感叹于岁月"逝者如斯！"忽然顿悟：历史，是一天一天走过来的；人，是突然变老的。于是，我坚定了向文学转型的决心，记录所见所闻，抒发所感所悟。

　　贾平凹文化艺术研究院主办"我心中的大秦岭"全球征文，本人撰写的《阅读秦岭》以第59号应征入集。可以说，《阅读秦岭》得益于陕西文学风的熏陶。关于本书的出版，我要感谢《路遥研究》主编曹谷溪老师作序，感谢奔流文学院和信世杰博士的文学培训，感谢宿迁书协主席张守跃先生题写书名，感谢"亦师亦友"陈法玉的鼓励与指导，感谢中国商务出版社编辑的辛勤付出，同时，也感谢家人同事的理解与支持。

　　50岁向文学转型，的确稍晚一些。然，一切过往，皆为序章。《阅读秦岭》，是对过去岁月的致敬，也是对未来时光的期盼。